春陽文庫

明治開化 安吾捕物帖

坂口安吾

目次

明治開化　安吾捕物帖

序文（付・読者への口上）

推理小説の生命はトリックであるが、トリックは各作家の努力によって日進月歩する。作者も読者も、これにおくれてはならないのである。

なぜなら、作者の側は読者が過去のあらゆるトリックに知識あるものと見て、しからばこの新発明トリックで一戦いたそうと乗りだすのが楽しみ。読者の側ではあらゆる推理小説を読み破った上で、今度はどの手でくるかな、オレの目はだまされないぞ、というのが楽しみである。これが推理小説の特別の魅力で、ダイゴ味である。

けれども、かようにトリックが日進月歩して複雑になるから、今では短篇で本格推理小説の妙は書ききれない。目のこえた読者を満足させるだけの複雑な構成は、最低三百枚、あるいは五百枚以下では盛りきれない。

強いて短篇の推理小説を書くと、豊かな物語性に乏しく、安直な骨組だけのバラックになってしまう。一作ごとにトリックの手口が変って、多年の読者に失望を与えたことがないというアガサ・クリスチイ女史ですら、その短篇はトリックも陳腐であるし、物語としても骨組の目立つバラックである。短篇の妙はコナン・ドイルの時代で終りを告げたと見てよろしい。

この短篇探偵小説の欠陥を日本式にみたしているのが捕物帖である。

だいたい日本の文学は雑誌のもとめに応じて生産されるという特別なものだ。ところが雑誌は一冊ごとに読みすてるように出来ていないと多くの読者に喜ばれないから、いきおい読み切りの短篇が主でなければならぬ。

探偵小説とても同様で、読み物として一般の雑誌社がもとめているのは主として短篇であるが、これを西洋流の本来の骨法でやると味のないバラックになって読み物としての魅力を失う。そこで現れたのが捕物帖だ。

捕物帖のトリックもだいたいコナン・ドイル程度のものを用いないと読者を満足させることができないようだ。けれども、現代風に指紋だの鑑識科学だのと云っていると、無味乾燥な現場調査や基礎的な訊問などで多くのページを費して、物語の面白さが盛れなくなってしまう。

そこで指紋も鑑識科学もない江戸時代に題材をとらざるを得ないのは当然で、チョンマゲの捕物帖は時代錯誤だという一部の説は根本を見あやまっているのである。チョンマゲ時代に題材をとらないと、短篇で面白い探偵小説は書けない時代になったのである。トリックが複雑になったから現代を舞台にすると短い枚数では切り廻しのつけようがないせいである。

西洋の短篇探偵小説が陳腐で無味乾燥なのを知ると、日本の捕物帖がまんざら捨てたものではないことが分る。それは日本の文士が主として短篇で生計を立てなければならぬ雑誌の国のせいであろう。捕物帖はその特性に応じて現れたもので、むしろ気のきいた国産品の一ツと目すべきである。

★

私は日本の捕物帖が頭のよい発明品だと考えていたから、自分も一ツやってみようとかねて思っていたのである。

それについては、まだ誰もやらなかったことをしてみたい。西洋の短篇探偵小説が骨組だけのバラックで読み物のたのしさがないのに比べて、捕物帖は読み物の面白さを加味することに成功しているが、推理を味うたのしさが欠けている。名探偵の心眼が一挙に謎をとく快味というものも、独善的では探偵小説の妙味を欠くものであるし、読者が自らも名探偵として読みすすむうちに紙上の名探偵に先立って謎をとこうと心がけて、あべこべに作者に一パイ食わされたところに読者の快味も生れるものであろう。だまされる楽しさ。これが探偵小説とか手品というものの妙味、快味であるが、それには「なるほど」と思わせる手際が必要である。探偵小説の場合では、名探偵が推理の手がかりとして謎をとく材料の全てを読者にもちゃんと提供し読ませておいて、読者はそれを読んでいながら気がつかなかった場合に、アッ、そうか、してやられた、という快味が起る。これが探偵作家の手際である。

長篇の本格探偵小説はこの手際でもつもので、手際は同時にトリックでもある。短篇の枚数ではこれがやれないために、物語の面白さを主として推理を従とする捕物帖となったものだ。

だが、果して捕物帖で、推理小説の要素をとり入れることは不可能であるか。これが私の多年考えていた小さな野心の一ツであったのである。

物語としても面白いし、一応謎ときゲームとして探偵小説本来の推理のたのしみ、読者の側から云えばだまされる快味にもかなうような捕物帖を書いてみたい。半七探偵創始の霊感や、これを大成普及した平次探偵の功績にくらべると、今さらそれに便乗する私が一人前の口をきくわけにもいかないが、とにかく今までの捕物帖に不足している物を加えなければ、捕物帖を書かなくとも済むはずの私が捕物帖を書く意味はなかろう。

こう考えて、書きはじめたのが、この捕物帖であった。

はじめは私も勝手が分らないから、自分の野心をみたすには、どのような新形式を工夫すればよろしいか、ずいぶん、まごついた。はじめの四回は暗中摸索で、いろいろの形式の試みであった。

連載五回目に「万引家族」を書いたときに、この形式にかぎる、と思った。雑誌の発売匆々《そうそう》、倉島竹二郎君からハガキで、今まで例のない新形式で面白かったが、時々この形式を使って欲しいというようなことを言ってくれた。また編輯者からも特に好評の由言ってきたが、私の暗中摸索も、五度目に一ツのツボを見出すことができたのである。

それから以後はこの形式を用いているが、これが物語りと推理を合せるにはたしかに都合がよろしいのである。とにかく己れの意にかない、かねての思いをやや満すに足る新形式を工夫し得たことは一応喜びでありました。

時代を明治二十年ごろにしたのは、推理の要素を入れるにはそれぐらいの年代にするのが万事に都合がよかったからで、ほかに意味はありません。

★

ついでながら、この捕物帖は主として五段から出来ております。

一九五一年十一月一日　坂口安吾

読者への口上〔第四回「ああ無情」冒頭〕

この捕物帖はたいがい五段からできています。第一段は虎之介が海舟を訪ねて事件の説明にかかること。（但し、この段は省くことがある。今月は省いています。）第二段は事件の説明。第三段は海舟が推理のこと。第四段は新十郎が犯人を見つけだすこと。第五段は海舟が負け惜しみを云うこと。以上のうち第二段がほぼ全体の六分の五をしめ、第全部が六十枚なら、この段に五十枚、他は全部を合せても十枚ぐらいで、これが解決です。

捕物帖のことですから決して厳密な推理小説ではありませんが、捕物帖としては特に推理に重点をおき、一応第二段に推理のタネはそろえておきますから、お慰みに、推理しながら読んでいただいたら退屈しのぎになるかも知れません。作者はそんなツモリでこの捕物帖をかいているのです。第三段の海舟が心眼を用いるところで雑誌をふせて一服しながら推理することに願います。海舟は毎々七分通り失敗することになっていますが、今までの探偵小説では、偉い探偵の相棒にトンマな探偵が現れて大マチガイの推理をはたらかせて、あんまりバカすぎたようです。よんでいる方でも、自分の推理が当らないと、トンマな探偵氏と同じようなトンマに見えて自分がイヤになるのが通例ですが、海舟という明治きっての大頭脳が失敗するのですから、この捕物帖の読者は推理が狂っても、オレもマンザラでないなと一安心していただけるでしょう。そこでメデタシ、メデタシ、というのが、この捕物帖です。

『小説新潮』一九五一年一月号掲載

血を見る真珠

明治十六年一月のことである。東京の木工船会社で新造した百八十トンの機帆船昇龍丸が試運転をかねて濠洲に初航海した。日本の国名も聞きなれぬ当時のことで、非常に珍しがられて、港々に盛大なモテナシをうけた。そのとき、木曜島近海の暗礁にのりあげて船体を破損し、修理のために一ヶ月ほど木曜島にとどまったのである。

折しも木曜島では、明治十二三年に優秀な真珠貝の産地であることが発見されて、諸国から真珠貝採取船や、仲買人が雲集し、銀行も出張して、真珠景気の盛大なこと。明治十八年には日本の潜水夫もこの島へ稼ぎに出たということだが、それは後日の話。昇龍丸の乗組員は偶然その地に長逗留して、徒然なるままに、真珠採取事業をつぶさに見学するに至った。

船長の畑中利平は房州の産で、日本近海の小粒な真珠採取には多少の経験を持っていたから、特に興味をもって業態を学び、自得するところがあった。これがそもそも彼の奇怪にして不幸な運命の元をなすに至ったのである。

昇龍丸の修理成って、木曜島を出帆、シンガポールから大陸沿いの航路をすてて、ボルネオ、セレベスにはさまれたマカッサル海峡を、ボルネオ沿いに北上した。今やボルネオの北端に達してスールー海に近づいた折、又しても暗礁に乗りあげてしまった。船員たちの一両日にわたる忍耐強い努力の結果、ついに満潮を見て自力で離礁することができたが、この悪戦苦闘の最中に、そこの海底が木曜島にも遥かにまさって白蝶貝、黒蝶貝の老貝の密集地帯であることを発見したのである。

後日に至って、スールー海が真珠貝の大産地であることは世界に知られるに至ったが、当時は全く知る人のない秘められた宝庫だ。のみならず、船長畑中利平、通辞今村善光らの手記によれば、この秘境は今日真珠の産地たるスールー海のどの地点でもなく、ボルネオの無人の陸地に沿うたサンゴ礁の海底で、今日もその名を知られず所在を知られぬ未開の秘境であるらしい。

昇龍丸は無事故国に帰りついたが、帰国の途次、畑中は船員にはかって、

「木曜島で坐礁して白蝶貝の採取を見学しての帰路に又坐礁して白蝶貝黒蝶貝の無数にしきつらねた海底を発見するとは、海神の導きと云うよりほかにないようなものではな

いか。オレは幸い房州小湊の産で、そこの海には八十吉に清松という二人の潜水の名人が居て、その技術は木曜島で見た潜水夫の誰よりも秀でているのをこの目で見て知っている。木曜島では二十尋《ひろ》から三十尋の海底だったが、あそこの海では十尋から十五尋の浅海に差しわたし一尺の余もあろうという老貝がギッシリしきつらねてあるのだ。その上、附近の陸地は全くの無人の地、通る船舶も殆《ほとん》どなく、密漁を見破られるという心配は百に一ツもないようだ。一つ八十吉と清松を仲間にひきいれて、真珠採りとシャレてみようではないか。呉れ呉れも、秘密、々々」

と、畑中は無類に豪気の海の強者《つわもの》、実際は慾心よりも冒険心にうずかれたのだ。正直のところが、真珠採りとシャレてみようじゃないかという豪快な遊び魂が頭をもたげての話であった。

木曜島で盛大な真珠景気を一見して大いに煽られてきた一同に異存のあろう筈はない。船長畑中の気風に心服している一同でもあるから、たちまち雄心ボッボッ、はやる胸をジッと抑えて、何食わぬ顔で祖国へ上陸したが、手筈は充分に打ち合せてあるから、船を修理に入れると、それぞれ受け持ちの任務を果して、畑中からの報知を待っていた。

畑中は印度洋からセイロン、ボンベイへの航路調査を願いでて、再度の就航の許可を得た。さっそく密々に小湊へ走って、八十吉、清松両名に相談を持ちかけた。

八十吉は二十八、清松は二十六。先祖代々海で育ち、海で働く男の中でも特にアワビ採りの名人だ。三十米《メートル》ぐらいの海底なら裸潜水で楽にやる。潜水服はつとに英国シーベ会社の兜《ヘルメット》式潜水器が輸入され、日本でも和製のものが明治五年にはすでに月島の民間会社で製造されていたのである。主としてアワビ採りに用いられていたのだ。

潜水夫の最も優秀なるものはアラブ人で、これに次ぐ者は沖縄人であるという。ペルシャ湾のアラビヤ沿岸が世界最良の真珠産地で、アラブ人は先祖代々真珠採りが主要な業務、今も尚機械を用いず、裸潜水一点張りでやっている。沖縄人も裸潜水をよくし、特に秀でた者は三十尋の海底まで裸で達すると云われている。

八十吉に清松はそれ程の深海まで裸で潜るのは不可能であるが、アワビ採りでは抜群の巧者。機械潜水ならば三十尋から四十尋の海底で一時間近い作業をつづけて、殆ど潜水病も経験したことがない。それには体軀に於て恵まれているばかりでなく、用心堅固で、良く身を慎しみ、かりそめにも海を侮ることがないせいである。

八十吉、清松も血気の若者、海に生れ、海に生きるからには、魔魚毒蛇の棲みかともはかられぬ遠く南海の底をさぐって、白色サンゼンたる大きな真珠を採ってみせたい。畑中の巧みな弁舌に説得されて、雄心やる方なく、協力を承諾したが、海底の勇者は細心である。十尋から十五尋なら裸潜水も不可能ではないが、未知の海ではどういう障碍に会うかも分らない。機械潜水の万全の用意を申しでた。

八十吉も清松も息綱持ちに各々の細君を使っていた。一般に深海作業になると、とても非力な女などでは綱持ちの大役はつとまらないと云われているが、彼らの妻女はいずれも海女で育ちあがった海底の熟練家。海の底を近所の街よりも良く呑みこんでいる。息綱を握って加減をはかり、海底の良人《おっと》の様子を手にとるように知り分ける名手であった。二人の潜水夫にとっては、かけ代えのない綱持ちなのだ。

次には呼吸の合った潜水船の船頭が必要だ。綱持ちの要求に応じて敏活に船をさばく両者の馴れが必要なのである。

又、二十尋の海底で作業するとなると、ポンプ押しに十五六名の屈強な若者を必要とする。これらの人数を全て揃えると、又、使い馴れた潜水船を積みこんで行くことも必要だ。ポンプ押しには船員を代用することが出来るが、船頭の竹造と、八十吉の妻キン、清松の妻トクの三名はどうしても連れて行かねばならぬ。又、竹造の潜水船も積みこんで行かねばならぬ。

こうして八十吉ら五名の男女は畑中の注意にしたがい、土佐沖へ出稼にと称して郷里をたち、昇龍丸に乗りこんだのである。昇龍丸は誰の怪しみをうけることもなく出帆した。

★

船には女は禁物という。その女を乗せるについては、畑中も甚だ不安にかられた。しかし息綱持ちが彼女らに限るとなれば、どうにも仕方のないことだ。

日数を重ねて目的の地に近づくころから、彼の不安が事実となって現れてきた。以前の航海ではこれ程のことはなかったのに、なんとなく船全体が殺気をはらんで息苦しい。船員たちが二人の女を見る時には、すでに優しさを失い、最も厭《い》まわしい物を見るような憎みきった目附きになり易いのは、愛慾が野獣のものになりかけている証拠であった。

キンもトクも同年の二十三。息綱を持つだけが能ではなくて、今も海底へくぐって海草や貝を採る海女でもある。その肉体はハチ切れるように豊かにのびて、均斉がとれ、まるで健康そのものだ。キリョウも満更ではないから、この際益々困り物というわけだ。

この船の料理方の大和は船底のボス、深海魚のような男であった。彼は海の浮浪児だった。子供の時に密航を企てて外国船に乗りこみ、それ以来、外国商船や捕鯨船の船員として七ツの海を遍歴してきた荒くれだ。それだけに、海についての経験は確かである。特に外国航路ともなれば、船長とても彼の経験に縋らねばならぬ。外国の港で水や燃料の積込みから、腐らない安酒の買い込みまで、大和の手腕にたよらなければならないのである。

大和が料理方というポストを自ら選んで占領したのも、料理の腕があるからではなく、船内の特権を独占するためであった。彼は他の船員をアゴで使って料理に立働かせ、自分は終日酔いどれていた。そして他の船員が酒や特別の食物を所望する場合には、金銭でなければ何かの義務で相当の代償を支払わねばならなかった。

大和を最も憎んでいたのは、通辞の今村善光だ。彼は元々船員ではない。海外への処女航海というので、通訳方に雇われたインテリで、この船内では唯一人の文化人であった。

今度の航海が真珠の密漁のためであっても、名目は外国への航海だから、今村は再び乗りこんでいる。否、恐らくこの航海の目的に対して、最も深い関心と執念を蔵しているのは彼であったかも知れない。彼は木曜島で見た真珠景気が目にしみて忘れられない。真珠貝の採取場の移動につれて、名もない浜辺に一夜にして数千数万の市が立ち、南洋土人の潜水夫やその家族に立ちまじって富裕な仲買人や船主や銀行家が従者をつれ高価な葉巻をくゆらして通り、又その家族の白人の美しい女たちや黒いながらも神秘なまでに容姿端麗なアリアンの美女が白衣をまとうて木蔭に憩うていたりする。一夜づくりのテントの下で美女を侍らせて盛宴をはる紳士たち。一粒の真珠のために全てを捧げて悔いることのない美女の焼きつくような情炎が舞い狂っているのだ。

日本近海の真珠はアコヤ貝と称する真珠貝から採れるのが普通であるが、これは小粒だ。最も大きな真珠は主に白蝶貝から採れるのである。この貝は三十センチにも達し、そのような大きな老貝に限って大きな真珠を蔵しているが、真珠船が集ってくると忽ち老貝は採りつくされてしまうから、まだ潜水夫のくぐらない処女地へ一足先に潜るために船主は場所を争うのである。

昇龍丸の発見した海底に於ては、木曜島に於て見かけることのできなかった一尺余の老貝がしきつめているという。又、六寸七寸の巨大な黒蝶貝の群生地帯もあるという。この黒蝶貝からは稀に黒色の真珠が現れることがあって、それは殆ど値に限りのない珍宝である。

今村は冷静な現実家で、夢想癖には無縁の男であったから、木曜島にいる時には真珠景気に眩惑されもしなかった。しかし今や世界に比類ない真珠貝の群生地帯へ自ら急ぎ行く身になっては、猛然として頭をもたげてくるものは、現実的な慾念であり、情熱であった。かの神秘なまでに端麗なアリアンの美女も彼の手にとどかぬ物ではなくなったのだ。

二人の若い女が船に乗りこむと聞いた時に畑中よりも不安を感じたのは彼であった。彼は乗船に先だって畑中を訪ねて、

「息綱持ちがその女に限るとなれば仕方がありませんが、その代り、料理方の大和を解雇して貰いたいものです。あの猛毒の深海鰻めが船内にトグロをまいている限り、女が乗り組んで、船に異変が起らぬということは有り得ません」

「自分もそれを考えないではないが、板子一枚下は地獄と云う通り、船乗りには身についた特別の感情があって、ともに航海するものは盟友であり、家族でもあるのです。女

が乗りこむからと云って、その為に家族の一人を除くというのは情に於て忍び得ません。そのことからも不吉な異変が起りかねないという感じ方もあるものですよ。ここは船長たる自分にまかせていただきたいものです」

こうなだめられると、船員でもない今村がたって言い張るわけにもいかない。

畑中は船が東京湾を出たころ一同を甲板によびあつめて、

「さて、この航海に限ってお前たちに堅く約束して貰わねばならないことが一つある。ほかでもないが、船内のバクチを一切慎んでもらいたい。船乗りにバクチは附き物だが、給料を賭けるのとはワケがちがって、この航海にはお前たちの一生を保証するかも知れないほどの莫大な富が得られるかも知れないのだ。それを当てにバクチをやると、元も子もなくなってしまう。せっかくこうして心を合せて冒険をやった甲斐がなくなるから、バクチだけは絶対にやってはいかんぞ」

こう釘をさしたのは、大和が目当ての言葉であった。彼はバク才にたけ、あらゆるインチキの名人だった。碁将棋まで達者なものだ。しかも一方的な勝ち方をせずに、勝ったり負けたり巧妙にバク才を隠して、結局小さく負けて大きく勝つ。いつも最後に勝っているのは大和であるが、いかにも際どい勝負に持ちこんでおくから、腕の相違が悟られずに、今もってカモになる者が多かった。

航海も日数経て、女がいるだけ、無聊《ぶりょう》に苦しむと始末にこまる。大和が誘いの水をむけて、

「ナニ、真珠を賭けなきゃいいじゃないか。いつものように給料でやりゃアいいんだ。それなら船長も文句があるめえ」

こう言われると、ほかに気晴らしのない船中生活、誘惑に勝てないのである。いつしか大ッピラにやるようになり、畑中の耳にも届いたが、イエ給料でやってるんです、と云われると、たって止めることもできない。しかし、実際の勝負はいつか給料をハミだして、彼らのメモをみれば、船員の普通の収入では賄いきれぬ多額の貸借になっていた。

ところが、ここに困ったことには、潜水夫の清松が生来のバクチ好きである。幼少から潜水を仕事とも遊びともして先輩の行跡を見て育っているから、潜水病の恐るべきことは身にしみて知っている。先ず花柳病にかかって潜水するとテキメンにやられる。殆ど即死の大患にやられるのである。次に大酒がよろしくない。酒色を慎しむことが潜水夫の第一課だ。しかし清松は海の男の中でも音にきこえた豪胆者、酒色を慎しめばと

て、持って生れた負けじ魂が縮んでしまったワケではない。それがバクチに現れるのである。

「ヤイ、清松。手前だけ女がついているからッて、男のツキアイを忘れちゃ済むまい。いちゃつくだけが能じゃねえやな」

と大和にひやかされると、根が好きな道、腕に覚えもあるから、何を小癪なと仲間に加わる。それからコッチバクチに明け暮れている。兄貴株の八十吉と船頭の竹造が心配して、女房トクと力を合せて時々いさめてみるが、利き目がない。畑中も見かねて清松をよびよせて、

「船中生活の無聊にバクチにふける気持は分るが、あの大和はちょッと心のよからぬ奴、賭の支払いで苦しんでから悔むのはもうおそい。今のうちにやめなさい」

「なアに、あんな奴に負けやしません。たいがい勝ってるのはオレの方でさ」

「それがお前の心得ちがいだよ。私も長い船乗り暮し、だいぶお前よりは大人だから目は肥えている。あの大和は実に驚くべきインチキバクチの天才だよ。何年となく負けつづけているこの船の乗員どもが、今度こそは大和に勝てるという気持をすてることができないのは、よほどバクチ才のひらきが大きいからだ。今にしてやられるに極っているか

なりまさア」

「アッハッハ。海の底が仕事場のオレたちには、水の上じゃア虎や狼とでも遊ぶ気持になりまさア」

大胆不敵な清松はとりあわない。大和は清松の気質をのみこんだから、こ奴め良きカモ、今に鼻面をひきずりまわしてやろうとほくそ笑んで、先を急がない。大悪党の大和は時期を心得て焦らないが、ここに五十嵐という図体の大きな力持ちの水夫が、女色に飢えて、ひねもす息苦しい思いをしている。トクとキンの姿を見ると思わず抱きつきたい程の逆上的な衝動に襲われるのである。清松の太々しいバクチぶりに相好をくずすのは五十嵐であった。

「オイ。ナ。オレの真珠の儲けをそっくり賭けるから、お前は女を賭けようじゃないか」

一日に二度も三度もこれを持ちだす。清松の方は驚きもしないが、これをきいてサッと緊張し、たちまち血相が変ってくるのは一座の水夫どもである。思いは同じ、焼けつくような情念なのだ。これをきいて悠々とせせら笑っていられるのは大和だけであった。

「よさねえか。色ガキめ。潜水夫と綱持ちは一身同体のものだ。この野郎が夫婦喧嘩を始めちゃア、こちとらの真珠がフイにならアな。慎しみをわきまえぬ色ガキったら有りゃしねえや」

大和は五十嵐をたしなめておいて、清松に向い、

「この野郎どもの思いつめた顔附を見なよ。一様に血相変えてカタズをのんでいやがる。大事の女房を部屋から出すんじゃねえや。こいつらは女に飢えた狼だからな。男だけの船へ女房つれて乗りこむお前も大馬鹿野郎だ」

酔いどれても大和は落附きを失わなかった。そのお蔭で波瀾もなく、昇龍丸は目的の海に辿りついたのである。

★

今日は作業の第一日目。まだ本作業にはかからない。裸で潜って海の底を見てくるのだ。八十吉も清松も白蝶貝を知らないのだ。南洋の岩礁の状態についても何の知識もないから、今日は海底見学というわけだ。

陸の山々はジャングルに覆われて真ッ黒だ。やがて昇龍丸と陸地の中間に黒い岩が波

に洗われつつ頭をだしている。いよいよ干潮が近づいたのである。水夫たちは舷側から竹造の潜水船を下す。下し終って竹造と八十吉と清松が乗りこむ。その時、水夫たちは驚きの余り目をまるく、息をのんで棒立ちとなった。

水夫たちを掻きわけて舷側へ進んで行くのは、キンとトクだ。袖の短いシャツのような白ジュバンに白パンツをはき、頭髪をキリリと手拭で包んでいる。今日は彼女らは綱持ちではない。良人につづいて彼女らも海底を見てくるのだ。息綱を使うには海底の状態を知っているのが要件なのだ。

彼女らは黙々と梯子を降る。それにしても、この二人の海女の肢体はスクスクと良くのびている。真ッ白な長い脚も美しいが、キリキリと腹帯をしめた細い腰を中にして、胸のふくらみ、豊かな腹部が目を打つのだ。白布に覆われているために、妖しい夢の数々を全てよみがえらせてしまうようだ。

畑中も小舟にのりこんだ。彼が山立てしておいた海面へ小舟は進んでゆくのである。四名の男女はタコメガネをかけ口中にナイフをくわえて十尋に足らぬ浅海から順次潜水をはじめる。その海底は見渡す限り花リーフの大原野であった。大きな魚が逃げもせず目を光らせているのもあれば、悠々と通りすぎて行くのもある。礁にかこまれた広い砂原にでる。そこに大きな皿を二枚立てたように並んでいるのが白蝶貝であった。近づくとスウと蓋を閉じてしまう。強いヒゲですがりついているから、手でひいても動かない。小刀でヒゲを切って採るのである。リーフ原の海底には急潮がうずまいて、相当に翻弄される。しかし、色彩が豊富で、美しく、魔魚毒蛇の幻想に悩むことがないのであった。

十米から二十米、三十米の海底に、綱につけた四貫ほどの鉛を抱いて急降下する。降下の途中は暗黒だが、底につくと、明るくなる。その辺が彼らの仕事の地点で、うすく白砂に覆われた砂原が点在し、白蝶貝の巨大なのが、いたる所に皿を立てているのであった。

四名は一団にかたまりつつ、四時間ほども海底を潜りつづけた。二人の海女が海面へ浮上して一息つくたびに、昇龍丸の水夫たちはカタズをのんでその顔だけの女を睨みつづけていた。五百米も離れている。その顔は白い鉢巻がそれと分るぐらいにすぎないが、彼らにとっては数々の幻想のくめどもつきぬ泉であった。

その彼女らを水夫にも劣らぬ情炎をこめて飽かず眺めていたのは今村であった。彼とてもまだ三十の青年だった。通辞といえば、その職業柄、そう堅くもない生活に通じ易いものではあるが、彼はこのように魅力の深い女の姿を日本に於て見ることは有りうべからざる夢のような気がしたのだ。夢想に縁遠い彼であったが、これが竜宮であろうか、あれは妖精であろうかとふと考えて見た。しかしそれは自分の心を偽るための見せかけだった。彼は余りにも強烈な慾情を自覚したくなかったのだ。彼は五十嵐や大和にも増して、色情に飢えた狼であった。

潜水夫たちは上ってきた。二人の女が船へ上ると、男たちはそれをとりまいて、まるでふるえているように見えた。するとフラフラととびだしてきた一人の男が、まるで酔ッ払いがモミ手でもするかのように身をかがめたと思うと、キンの尻を拝むように押えていた。しかし彼はその手に力をこめることができなかったばかりでなく、押えたハズミに全身の力がぬけたのか、ガックリ膝まずいて、うなだれてしまった。しかし、うなだれる一瞬早く、彼の目は赤い炎をふきあげてキンの尻に食い入るばかり見つめた凄さまじさを人々は見逃さなかった。

人々は魂をぬかれたバカのように、それを黙って見つめた。キンが身をひいて走り去ると、人々ははじめて息をついたが、誰も言葉を発する者がいなかった。キンに抱きついた男は、実直のウスノロで通っている金太という三十三のこの船中では年配の水夫であった。誰も彼がこんなことをしようなどとは考えられないことだったのだ。

今村はそれを見終って戦慄した。それは金太の仕業に対しての戦慄ではなくて、金太が手に抑えたものの至上な魅力に対する戦慄であった。彼の目に、彼の心に、全身に蛇が宿ったのだ。

翌日から正式の作業がはじまった。八十吉と清松は交代で潜るのである。畑中も潜水船に乗りこみ、十五名のポンプ押しが交替でポンプを押すのを指揮するのだ。万一のことがあっては困るから、大和や五十嵐や金太はポンプ押しから除外されたが、五十嵐は執拗にポンプ押しを志願した。それはポンプ押しの小船の上に二人の女が居るためであった。

彼らが予期した通り、この海底は巨大な白蝶貝の無限の棲息地帯であった。黒蝶貝も多かった。八十吉と清松は、木曜島の潜水夫等が一日に三ツしか見つけることができないような老貝を、それ以上の物を含めて、潜水中のあらゆる時間、殆ど探す手間もなく採ることができるのである。夕方までに採った貝は数を算えて一夜をすごし、翌日の夜明けを待って、各人の見ている前で、畑中自ら貝をさいて、真珠を探すのである。

真珠はその形成される場所によって品位の差がある。大別して袋真珠と筋肉真珠にわけ、前者の方が優良品である。袋真珠の中でも外套膜の周辺組織内にできる物が形も色も光沢もよく、比較的珠も大きい。介殻の蝶番部に相当する外套膜にできるものは不正形であるが、非常に光沢のよい長円形の物が生ずることがある。外套膜の中央部、内臓を覆う組織の中に生じるものは一般は小形である。以上の袋真珠に比して筋肉真珠は形も光沢も悪く、殆ど宝石の価値を持たないものだ。

しかし、いかな白蝶貝の老貝とはいえ、どの貝からも真珠がとれるというようなザラに在るものではないのである。しかし白蝶貝は、真珠がなくとも貝殻自体が装飾品として相当の値（今の値で千五百円、二千円ぐらいか）で売れるのである。

昇龍丸が発見した海底の真珠貝は、貝殻も巨大であるが、真珠の含有率も甚だ良好であったのみならず、良質の真珠が多く、畑中の指が銀白色の真珠をつまみだすたびに、期せずして一同の口から歓声があがった。

採った真珠は数的には公平に分配することになっていた。ただ各自が真珠を選びとる順序があった。第一は畑中、次は八十吉、清松、竹造の順で、それ以後は船員の階級順であったが、今村は臨時の乗員であるために下級水夫の上位、ほぼ全員の中間ぐらいに位していた。ドン尻がキンとトクの女子であった。真珠の数の有る限り、何回でもこの順序で自分の物を選びとることを繰返すのである。これは畑中の発案で、彼としてはこれで公平と思っていたし、事実労資の分配率ははるかに差の甚しいものであったから、予測せざる現実が起きるまでは、誰一人異見を立てなかったのである。

日を重ねるに従って、上質で大粒の真珠がその数を増していた。こんな光沢の良い大粒のものが一ツでも自分に廻ればと思うような物が、忽ち全員に二ツも三ツも廻るような目ざましい収穫であるから、船員たちの潜水夫に対する態度にも多少改まったものが感じられるように思われた。

四十五日目のことであった。その化け物の如くに巨大な黒蝶貝を採ってきたのは清松であった。翌早朝、先ず畑中はその貝をとりあげて一同に示した。

「黒蝶貝の主だぜ。得てして、こういう怪物は神様の御神体と同じように、カラでなければ、とんだ下手物《げてもの》しか出ないものだて」

今迄の例がそうだった。しかし畑中は殻をさいて外套膜に手をふれると、にわかに緊張して、不思議そうに一同を見廻した。

「ハテナ。こんなところに大きなコブが。まさかに、これが……」

彼はナイフをとりあげて、注意深く肉をそいで行った。やがて指をさしこんだ彼は、まるで泥棒と組打でもするかのように、口を結んで顔をゆがめた。彼の指がつまみだしてきたものは、黒色サンゼンたる正円形の大真珠。なんという大きさだろう。今まで採った最大のものを五ツ合せても足りないほどの大きさである。実に三百グレーンの世界に無二の黒色大真珠であった。

清松はその真珠を借りうけて、眺め入った。黒蝶貝といっても、主として中から現れるのは銀白色の真珠で、黒色の物が現れたのは始めてだった。なんという光沢だろう。あの月輪のような光沢の輪が、黒く冷めたく無限の円形を描いて人の心を冷めたく珠の中へ吸いこんで行く。その珠はやや大型のラムネ玉ほどの物ではあるが、その奥の深さは無限なのだ。宇宙と同じ深さが有るとしか思われない。

「怪物のような老貝には、さすがにこんな宝石があるのだなア。せっかくオレの手で貝を採りながら、この宝石が自分の物にならないのだなア」

その日から、海底へ潜る清松の気魄が違った。彼が宝石を選ぶ順は三番目だ。同じような宝石をもう二ツ採れば一ツは自分の物になるのだ。ようし、必ず探してみせる。それは不可能なことではない筈だった。尚海底は無限の老貝を蔵しているのだ。

彼は必死に老貝を探した。怪物中の怪物を物色して、一時も長く水中を歩きたいと念じつづけた。それから四十五日たった。二度目の四十五日。それは不思議な暗合だった。彼は白蝶貝の未だ曽《かつ》て見ぬ巨大なものを見出したのである。彼はそのヒゲをきりとるのに相当の時間を費したほどであった。

「ほう、今度は白蝶貝の主だな」

貝を一目見て畑中は軽く呟いたが、清松のただならぬ顔を見ると、ゾッとして口をつぐんだ。殺気であろうか。何か死神の陰のような陰鬱なものが、その顔から全身から沈々と立ちのぼっているように見えた。

作業を終って昇龍丸へ帰ると、清松は畑中に頼んだ。

「済みませんが、その白蝶貝だけ、今さいて見せて呉れませんか。中が見たくて仕方がないものですから」

「そうかい。なるほど、こいつは確かに白蝶貝の主だなア。これを採っちゃア中があけてみたいのは人情だなア」

そこで一同を甲板へ集めて、その老貝だけさいたのである。はからざることが起った。黒真珠の更に倍もあるような、白銀色サンゼンたる正円形の巨大な真珠が現れたのである。実に五百三十グレーン。世界最大の真珠である。古来の伝説に於てすら語られたことのない巨大な真珠であった。

その真珠を手にうけとって眺めまわしていた清松の額から冷汗が流れ、目が赤く充血してきた。吐く息が苦しくなった。人々は呆気にとられて彼を見つめた。清松は黙々と宝石を畑中に返した。すると彼はそのままゴロリと後へ倒れた。

「アアッ！」

叫んだのはトクと八十吉とキンと竹造と同時であった。トクは走り寄った。

「潜水病だ！」

八十吉は仁王立になって、

「まだ陽もある。波も静かだ。海底へ降してふかすのだ。早く手当てすれば、早く治るのだ。潜水船を降してくれ」

清松は巨大な真珠に盲いて無理をしたのである。老貝を探すために一時も長く海底を歩こうとした。老貝を探してつい深海へも降りて行った。その無理からである。ふかす、というのは当時に於ける唯一の療法。自然にあみだした日本潜水夫の療法だが、理にかなっているのである。つまり病人をもう一度深海へ降すのだ。軽症ならば、深海へ降すと、そこにいるうちは治った状態になる。これを徐々に上昇させて、くり返すうちに全治させる方法であった。

幸い清松は軽症だった。肩から両手にかけて、又、膝の下に痺れが残った程度で、三日もたつと激しい苦痛はなくなってしまった。

積みこんできた食糧や水の用意が心細くなっていた。しかし清松をふかさなければならないので、畑中は一同が帰国を急ぎたがるのを制していたが、五日すぎて清松の身体に肩の痺れが残っているだけ、もう水中へ降さなくとも自然に全治すると分ったので、いよいよ出帆、帰国ときめる。その晩は酒を配って長々の収穫を祝う。

「さて、明日は一同に真珠を分配するぜ。まったく木曜島あたりじゃア想像もつかないような大収穫だ。帰国の途中には広東や杭州などのシナの賑やかな港によるから、早く金に代えたい者は代えるがよい。一番不足の取り分の者でも、三万や四万円にはなるはずだ。世界一の首飾りの玉の一つになるようなのを誰でも一ツ二ツは手に入れるのだから豪勢だ。真珠は銘々が控えもあることだし、一ツも不足なく金庫に眠っているから、明日を楽しみに今日はゆっくり飲むがよい」

そこでその晩は大酒盛りになった。畑中は特に八十吉夫婦と竹造ならびに今村を船長室に招待して労をねぎらう。清松はまだ病気が全治といかないので、酒を慎しみ、トクと共に自室にこもって出なかったのは幸運であった。八十吉は今は任務を果して心にかかることもないから始めて酒をすごして酩酊した。と、酒宴の途中にヌッと姿を現したのは五十嵐であった。彼は目を怒らせて、

「船長。今晩は特別の宴会だ。女を独り占めにしちゃア困るじゃないか。オレたちの席へも女をまわしてもらいたい」

すでに大酔しているのである。畑中はかねてこういうこともあろうと用心して、女たちの姿をなるべく男の目にふれさせぬように配慮している。この船の船室は前後二房に分離されていて、一方は船員一同の雑居室であるし、一方は船長室のほかに三室あって、八十吉と清松夫婦は各々一室を占め、それまで一室を占めていた今村は竹造との同居を余儀なくせしめられている。彼らは便所なども他の船員とは別個のものを使用し、全く両者は分離された生活を営んでいた。船員たちは船長室の前を通らなければ奥の三室へ赴くことが不可能であった。もしも船長がその廊下に鍵をかければ何人も彼らの生活にふれることはできないのである。畑中は水火をくぐってきた豪の者、五十嵐が大力の乱暴者でもビクともするような者ではない。

「女をまわせとは何事だ。かりそめにもこの畑中がお預りした客人、お前らの手の届く

ものではないぞ。この船中に女などは居ないと思うがよい」

しかし五十嵐は尚も執念深くキンにすり寄ろうとするから、畑中もたまりかねて襟首をとって突きとばす。武道に達しているから、五十嵐は一たまりもなく廊下の外へケシ飛んで、恨めしげに起き上り、

「よくもやったな。いつまでも貴様の一人占めにさせておくものか。オレにも覚悟がある。覚えていろ」

捨てゼリフを残して立ち去った。

「酒を飲ませると、すぐこれだから困ったものだ。しかし今夜であらかた飲みほしてしまうから、明日からはこんなこともあるまい。又来るとうるさいから、おキンさんは先にひきとってカギをかけて休みなさい」

キンをひきとらせて、男だけで益々メートルをあげる。畑中とても男、何ヶ月もの独身生活の味気なさ、なまじ触れられぬ女などは目先に居ない方が清々と酔っ払えようというものだ。

そこへ再びドヤドヤと跫音《あしおと》がして、五十嵐を先頭に四五名の水夫がなだれこんだ。畑中は素早くヒキダシのピストルをとりだして構えながら、

「オレも船長をつとめて久しいが、こんなに手数をかけるのは貴様だけだぞ。場合によっては射ち殺すから、そう思え」

五十嵐もピストルには顔色を変えて、

「何も手数をかけてやしないよ。女をまわすのがイヤなら、オレたちをコッチの仲間へ入れてくれてもいいじゃないか」

「この部屋に女がいるか、よく見るがよい」

「フン。仲間にも入れたくねえのか」

今村がたまりかねて立上って、

「何も仲間に入れないわけじゃアない。女はもう寝てしまったのだ。オレたちだけがコッチにいるからお前らもひがむのだろう。オレたちがお前たちの仲間に入っておれば、お前らも後顧《こうこ》の憂《うれい》なしというわけだ。八十吉君も竹造君も彼らと一しょに飲もうじゃないか。我々だけがここにいると、彼らの妄想は益々ふくらむばかりだからな」

こう五十嵐をなだめ、八十吉と竹造をうながし、連れ立って立ち去った。

竹造は無類の酒好きだ。酔いつぶれるまで飲みたい男だ。真ッ暗なデッキを通り、雑居の大部屋で、薄暗いロウソクのちらつく影を目にしませながら飲みだしたまでは覚えているが、ふと目を覚すと真ッ暗で、あたりはイビキ声でいっぱいだ。又、ねこんで、翌朝目をさますとそこは雑居の大部屋である。ソッとぬけだして、デッキを渡り、船長室の前まで来ると、そこに蒼ざめて立ちすくんでいるのはキンであった。キンは黙って船長室の内部を指した。畑中が殺されているのだ。肱掛椅子に腰かけたまま眠っているところをモリで一刺しに心臓を刺しぬかれたらしい。そのモリは椅子の背にまで刺し込んでいた。そして、金庫が開け放されていた。白黒二ツの大真珠が姿を消していたのである。

キンはよく眠った。ふと目をさますと、もう夜が明けているのに良人の戻った形跡がないので、心配して船長室まで来てみると、畑中が殺されているのを発見したのである。

船内隈なく探したが、キンの良人八十吉と二ツの真珠は再び現れてこなかった。

★

畑中変死の報に面色を失ったのは大和であった。彼の頭に先ず閃いたことは真珠であった。さっそく彼を先頭に金庫を調べると、白黒二ツの大真珠のほかには小粒一つの異常もない。

「フン。たとえ腹の中へ呑みこんで隠しても、日本へ帰るまでには見つけだすぜ。船の外には出られないのだからな」

大和は一同を見渡してせせら笑った。船長の屍体は水葬にし部屋は綺麗に掃除させた。

「今から日本へ帰るまではオレが船長代理だ。不服のある者は言ってみろ」

彼はこう云いながら船長室のヒキダシから持ちだしたピストルをガチャつかせた。

「異議なしときまれば、これから船内の捜査だ。どこへ隠しても、天眼通大和の眼力、必ず探しだしてみせるからな」

今村、清松、八十吉の部屋から順次隈なく調べた。身体検査もしたが、どこからも現れてこない。ついで船員一人々々について同じように検査をしたが、徒労であった。大和はそれしきのことで落胆しなかった。一同に足止めし、数名の者を率いて船内隈なく調べたが、出てこない。大和は益々せせら笑い、

「ナニ、今日一日で捜査が終るわけじゃアねえや。日本へ戻りつくにはまだ相当の日数があると覚えておいてもらいてえな。人殺しの罪人になりたくねえと思ったら、金庫の

中へ珠だけ戻してくれてもいいや。人殺しの犯人なんぞこちとらは気にかけねえやな。盗ッ人だけは勘弁ならねえ」

「怪しいのはお前じゃないか。この船内で捜査をうけていないのはお前の身体だけだ」

とたまりかねて進みでたのは今村であった。

「フン。面白い。探してみねえ」

大和はアッサリ上衣をあけて、捜せ、という身振りを示した。今村は衣服の諸方に手をふれて仔細に調べ、更に彼の所持品を提出せしめて調べたが、そこにも宝石の姿はなかった。

「オレが犯人でないことは分りきっているが、片手落ちは確かによろしくねえな。オレの持ち物で調べてみたいものがあったら、遠慮なく探してくれ」

大和はニヤニヤ笑いながら、

「さて次には真珠の分配だ。人様の品物を預っていて殺されちゃア合わねえや。早いとこ分配するからあとは盗ッ人に気をつけなよ」

全員を甲板へよびあつめて坐らせ、その三間ぐらい前に白布を敷いて、その上に大きな盆に一杯の真珠を置いた。

「いいかい。オレがこう横の方から見ているから、順番の者から白布の向う正面に坐って、皆にハッキリ見せながらピンセットで一ツだけ真珠をとるのだ。選ぶ時には手をだしたり、手にとり上げてはいけないぜ。ピンセットで一度つまんで手にとったものは、後に気に入らねえと云っても取り替えはきかないよ。目で選ぶのは自由だから、ぬかりなくやりなよ」

彼は言葉をきって、改まり、

「さて、船長代理だから、オレが一番目だ。二番目は死んだ八十吉に代って女房キン。その後はかねての順番通りだぜ。オレの作法をよく見て、同じようにやるのだぜ」

と、一同の正面にまわって白布に向って坐る。盆から二尺ぐらい離れている。両手をピタリと膝につけ、首だけ突き延して仔細に盆の上を睨んだあげく、膝の前のピンセットをとって真珠を一ツつまんだ。

次がキン、清松、竹造の順だが、清松は腕が痺れているからトクが代る。一順すると、再び同じ順にくりかえして、二十順ちかく、事故なく真珠の分配を終った。

悶着は大和が船長代理として船長室へ部屋替えしようとしたことから起った。

真ッ先に反対したのは、意外にも金太であった。このウスノロのどこから出たかと思

われる強情な嗄れ声で、

「そんなことは、やらせねえ」

金太の目はどういう感情のためか白目だけに見えた。南洋の太陽に日灼けした真ッ黒の額に青縄のような静脈がまがりくねって浮きたち、白い歯をむいていた。彼の首を叩き斬っても、締め殺しても、これだけの首でしかないように見えた。金太は死人の首をつけて白目をグルッと返しながら、

「断じて、やらせねえ」

と、もう一度叫んだ。しばらくの間、人々はポカンとしていた。自分の感情を金太だけが適切に出しきってしまったからだ。間もなく彼らは、同じ職人がこしらえた木像のように堅くなった。一時に同じ魂を吹きこまれたように、ムクムクとふくれて動きだした。彼らは一斉に喚きだしてしまったのである。

「そんなことは、やらせねえぞ」

「やれたら、やってみろ」

ここで大和が折れなかったら、袋叩きにも簀巻きにもされたであろう。大和も案に相違の面持で、苦笑した。

「フン。そうか。見かけ以上に鼻の下が長すぎるな。女の襟足を見ただけでヨダレの五升は垂れ流す野郎どもだ。はばかりながら、大和はアキラメのいい男だ。そうまでヨダレが流したきゃア、オレはひッこんでやるだけよ。助平どもめ」

大和はしばらく考えていたが、やがて今村を指した。

「お前は、あの部屋をでろ。そして、みんなと雑居しろ。どうも、なじめねえ野郎だ。船乗りの気持は分るが、貴様が何を考えているか、その気持だけは、てんで見当がつかねえや。貴様があの部屋にトグロをまいていちゃア、助平どもの気が荒れていけねえ」

「そうだとも。そうしろ」

何名の者かが口々に和した。それが一同の同じ気持であったのである。今村も仕方がなかった。大和にせきたてられて、即座に荷物をまとめ、雑居室へ移らざるを得なかった。

全てそれらの事どもに馬耳東風だったのは、キンと清松であった。キンは良人が死んだために。しかし、清松はなぜだろう。まったく彼は死神が乗り移ってしまったように陰鬱であった。潜水病のためもある。しかし潜水病の原因をなした願望こそは、彼に死神の陰鬱を与えているのに相違ない。三〇〇グレーンの黒真珠も、五三〇グレーンの白銀の真珠も、失われてしまったのである。そして、船はすでに北へ北へ走っている。再び真珠を採る機会も失われてしまったのだ。

根気を失わないのは、大和であった。彼は毎日船内を探した。人々の挙動を探っていた。しかし、発見に至らぬうちに、日本の山々が見えはじめた。しかし彼は船を去る瞬間まで希望をすてなかった。

昇龍丸は先ず房州で清松らの一行をひそかに上陸させた。上陸前に、一行の荷物や全身を検査することを忘れなかった。それから横浜へ帰港して、畑中は航海中に病死し、ために船は目的地に至らぬうちに途中から引返したと報告した。そして彼らは怪しまれずに解散してしまったのである。

★

その時から三年余の年月がすぎた。

ある午《ひる》さがりのこと、神楽坂の結城新十郎を訪ねてきた女があった。八十吉の寡婦キンである。折から新十郎のもとに花廼屋《はなのや》、虎之介、お梨江の三名が居合せたのは神仏がヘタの横好きに憐れみを寄せたまうお志か。この三名は私の仕事の助手、どうぞお心置きなく、と新十郎から云われても見れば見るほど取り合せの奇妙さ、キンもウカとは打ちとけられるものではない。然しここが名探偵の偉いところ、助手にそれぞれ変化が与えてあるのだろうと思えばワケが分らぬことはないから、

「実は足かけ四年前のことから申上げないと分っていただけないのですが……」

と、昇龍丸の秘密を一切うちあけて語った。キンは言葉を改めて、

「さて、本日お願いに上りましたのは、ほかでもございません。帰郷以来、私の不在中に留守宅を家探しする者がありまして、今までに、たしか五回、同じことをやられたのでございます。奇妙に一物も盗まれておりませんが仏壇の奥から米ビツの底までひッかき廻して参ります。誰かが盗まれた真珠を探しているのかと思いまして、トクさんや竹造さんにお訊きしますと、あの方々のところでは、そういうことがないとのお話。私だけが家探しをうけるイワレが分らないのでございます。主人が生きておればとにかく、行方知れずですもの、私の家こそ特別家探しを受けないのが当り前と申せましょう」

キンは帯の間から一通の手紙をとりだして新十郎に見せた。

手紙の差出人は大和である。新橋の某楼に於て昇龍丸の犯人探しの会を開くから出席されたい。当日の出席者は今村、五十嵐、金太、清松、竹造、トク及び自分の七名であ

るが、遠隔の地の人には旅費を支弁するから、万障くり合せて御参会願うという文面であった。犯人探しの当日はすでに明日に迫っていた。

「この手紙が届いたのは一週間ほど前のことですが、私は昨日まで考えたあげく、度々の家探しをされて痛くもない腹を探られるのも癪ですし、亡夫が他殺でありますなら、この際ハッキリ犯人をあげていただきたく、思いきってお願いに上ったのです。一切の秘密を申上げては他の方々に悪いようですが、この手紙で見ましても内輪だけの犯人探しなどといかにもふざけた様子ですから、いッそ埒をつけていただこうとの考えでした」

「清松さんや竹造さんは出席しますか」

「あの方々とは近頃は親しい交際もありませんので、きいて参りもしませんでした」

「足かけ四年前の出来事といえば大そう捜査も困難でしょう。私のような者が出席して、皆さんの口が堅くなっては困りますから、隣室で皆さんのお話が伺えるような手筈を致しておきましょう。私たちがお話を立聞いているということが分るような態度をなさっては、いけません。たとえば、強いて話をききだして私たちにきかせようとなさるような御親切は却って無用にねがいますよ」

さっそく新十郎自身明日の会場を訪ね、主人に会って、頼むと、そこは今評判の紳士探偵の顔、隣席に部屋をとってうまいぐあいに話をきくことができるように、新十郎直々見て廻って、部屋を選定することができた。

新十郎の一行は、少し早目に会場へ行って、お客のフリをして軽く飲食している。隣室へ次第に人が集ってきた。五十嵐、金太、清松、竹造、キンの五名が集ったが、今村と、当の言いだし平が姿を現さない。五十嵐が大きな声で、

「犯人探しをしてオレに犯人を教えてくれるとは大和にしては出来すぎた親切だが、どうも、そこが臭いじゃないか。オレに犯人を教えてくれれば、相手次第では大そうユスリの役に立つからな。どうも話がうますぎらア。もう二時間も遅れているが、大和は来ないぜ。ここには何か曰くがあるらしいな」

悪党の勘である。五十嵐はしばし考えていたらしいが、

「ザックバランにきくが、この中で誰か犯人に心当りのある者がいるかい」

誰も答えない。

「そうだろう。オレにもてんで心当りがねえや。そこで、もう一つ訊くが、大和の奴が犯人を知ってると思う心当りの人はいるかね」

それに答えたのは金太であった。

「これをここで言うのは辛いが、大和がしつこく訊くもので、教えてやったことがある。しかし、これはオレにも確かに犯人だと心当りがあることじゃァないのでな。知っての通り、オレは酒には弱い男だ。あの晩はいくらも飲まぬうちに苦しくなって、真ッ暗な甲板へあがって、ウトウトねこんでしまった。人の気配にふと目がさめると、二人の男が大部屋の方から出てきたと思うと、アッという小さな叫びを残して誰かが海へ落ちた様子。そこに誰かが一人残って立っているが、突き落したのか、自然に落ちたのか分らないし、真ッ暗闇で、誰とも分らない。あの晩は曇天のところへ月の出のおそい晩のことだからな。ただオレが知っているのは、二人は皆の騒いでいる大部屋の方からデッキを歩いてきたことと、残った一人は船長室の方へ降りて行ったということだ。ほかに行方不明は居ないから、海へ落ちたのは八十吉だ。だが、もう一人は分らない」

「たいそうなことを知ってるじゃないか。それでハッキリしているな。その男は今村だ」

と五十嵐。

「ところが、そうはいかねえワケがある。翌朝オレが目をさましたとき、みんなまだ寝てやがるから奴らの顔を見てやったが、今村はオレたちの部屋にねていたぜ。それから竹造も寝ていたな」

間をおいて、声を怒らして喚いたのは清松であろう。

「フン。それじゃア部屋にねていたのはオレだけじゃないか。オレが犯人というワケか。バカにするな。オレは第一、あの晩は酒も飲まずに寝ていたのだ。大部屋へなんぞ行きやしねえ。部屋の外でオレを見かけた奴が一人でもいるか、探してこい」

「誰もお前が犯人だと言ってやしねえ」

と慰めたのは五十嵐。

「これで読めた。大和は利巧な奴だぜ。奴は今村をゆすっているのだ。奴は尾羽うちからしていやがるし、昇龍丸の乗員で出世したのは今村だけだ。奴めは芝で一寸した貿易会社の社長だアな。だが大和の奴がこんな芝居を打つようじゃ、今村に泥を吐かせる確証がねえような気もするなア」

「どうも変だな。オレはたしかに八十吉がデッキから戻ってきたのを聞いた筈だが」

と訝かったのは清松である。

「あれはまだ宵のうちだ。九時半か十時ぐらいに相違ないが、金太が八十吉の落ちた声を聞いたてえのは朝方じゃアないか」

「とんでもない。オレがそれと入れ違いに大部屋へ戻った時は、だらしなくノビた奴も半分いたが、半分はまだバカ騒ぎの最中よ。九時半か、十時ごろだ」

「そのとき今村は大部屋にいたか」

「そこまでは気がつかねえや。なんしろバカ騒ぎの最中だし、半分は酔い倒れていやがるし、ロウソクは薄暗えや。オレは隅ですぐ寝ちまったからな」

「人が海へ落ちたのを見ていながら。だから、お前はウスノロてんだ」

と五十嵐。

「だからよ。オレにしてみりゃア、船長室へ降りた奴が教えに行ったと思ってらアな。ふんづかまって働かされちゃアつまらないから、早く寝たんだ」

その時、思いつめて問いただしたのは清松の声であった。

「おキンさんにきくが、八十吉は十時ごろ一度戻ってきやしないか。イヤ。たしかに戻ったに相違ない」

「いいえ。戻って来ませんよ。戻って来たとすれば、私は寝ていて知らなかったが、翌る朝の様子では夜中に戻った様子はありません」

「イイヤ。お前の部屋へはいった者がたしかにいた。オレはこの耳できいていたのだ」

「部屋の間違いじゃないの？」

「そんなことはねえや。オレの部屋の隣は船長室だ。オレの真向いがお前の部屋だ。今村の部屋はお前の隣り、船長室の真向いだが、二ツの扉はちょッと離れているぜ」

「なんだか気味が悪いわね。いったい誰が私の部屋へはいってきたの。私は寝ていて知りやしないよ」

「不思議だなア。あれが今村だとしてみると、どうもオレには分らねえや」

「いったい、私の部屋へはいった人が何をしたの？」

「それがハッキリ分らねえや。その男がお前の部屋へはいると間もなくオレは眠ってしまったんだ。ただ、オレが知っているのは、その男はデッキから降りてくると船長室へはいったのだ。三十分ぐらい船長室にいて、それからお前の部屋へ行ったのだぜ」

「船長室で何をしたの？」

「それがオレには分らない。別に話声もきこえないし、シカときとれた音もねえや。どうもな。まさか、人を殺しているとは知らねえや」

清松は何となく言葉を濁した様子であったが、キンの反問が今度は鋭かった。

「人を殺した音がきこえなかったというの？　板一枚でさえぎられた隣室じゃないか」

「分らない時は分らねえやな。しかし、まさかお前の部屋へはいったのが幽霊じゃアないだろう。どうにもオレには分らねえ」

「もうよしねえよ」

さえぎったのは五十嵐であった。

「そんな話をしたって際限もねえや。大和と今村を待っていても仕方がねえや。オレは一足先に帰るぜ。今日はバカバカしい一日だったな」

と、彼は立って帰ってしまった。残った四人はいかにすべきか相談していたが、これも一と先ず立帰ることにきまった様子。そのとき新十郎はガラリと障子をあけて、

「皆さん、ちょッとお待ち下さい。私はこういう者ですが、明日のお午ごろ、もう一度ここへ集って下さいませんか。今度は私の司会で犯人探しをやろうという趣向ですが」

一度はこの伏兵に慌てたらしいが、みんな聞かれて名探偵に開き直られては仕方がない。問われるままに今夜泊るべき宿や住所をそれぞれ新十郎に答える。清松は怒って、

「オレたち四人の者だけ集めて、そんなことをしたって何にもなりゃしねえや。五十嵐を帰したのはどういうわけだ」

「あの人の行先は分っています。芝の今村さんのところへユスリに行っているのですよ」

「フン、そこまで分っていたら、今から行って犯人をつかまえてきな」

「どういたしまして、五十嵐さんが見込んだ程度の証拠ではユスリの種になりません。明日は五十嵐さんも、今村さんも、大和さんも、皆さんに参集を願いますから、あなた方も必ずお集りをねがいますよ」

そして四名を送りだした。キンは利巧だから、新十郎とは一面識もないフリを通して、別れを告げて立ち去った。新十郎が事もなげに犯人探しを言いだしたから、虎之介は甚だしく解せない顔、

「明日犯人が分りますかい？」

「たいがい分るだろうと思います」

「大きな真珠もでてきますかね？」

「そこまでは分りませんが、大和という天眼通がノミ取り眼で探しても出てこなかった真珠ですから、この行方は謎ですね。私はここで失礼します」

「オヤ？　どちらへ？」

「ちょッと潜水夫のことを調べなければならないのです。さよなら」

★

虎之介は翌日早朝、例の如くに竹の包皮をぶらさげて氷川の海舟を訪問していた。この大隠居はいつも在宅してくれるから、こういう時には都合がよい。

海舟は日本近代航海術の鼻祖、その壮年期は航海術が本職だから、海のことには通じている。しかし昇龍丸の冒険奇譚には甚しく驚いた様子であった。くわしく話をきき終って、ナイフを逆手に暫時悪血をとっていたが、

「虎や。おキンというのは美人かえ？」

「海女には稀な、十人並をちょッと越えたキリョウ良しでございます。何せスクスクとまことに目ざましい体軀の女で」

「船長畑中、冒険心に富み、豪の者だが、心の弛みによって色慾に迷う。酒のなせる一《いっ》時《とき》のイタズラ心だ。好漢惜しむべし。もう一歩控える心を忘れなければ、何事もなかったのだな。同席の男が揃って水夫どもの宴会室へ立ち去ったから、ムラムラと悪心を催した。おキンの私室を訪れて、これを手籠《てごめ》にしたのが運の尽きさね。八十吉はその心構

え細心な潜水夫だから、ガサツな水夫どもの酔いッぷりは肌に合わなかったろう。おキンのことで何かにつけて水夫どもにからまれもしよう。長座に堪えがたかったのは当然だな。一足先に戻ってみるとおキンの部屋から畑中が出ようとするのにバッタリ出合う。平素は一点非のうちどころもない船長だから、八十吉はとッさに怪しむ心も起らなかったかも知れないが、これには畑中の方が驚いたに相違あるまい。室内へはいられては困るから、その場をごまかして、言葉巧みに八十吉を誘い、デッキへ連れ去る。オレが見ていたワケじゃアないから、こうまで細かには分らないが、おおよその事情に変りはなかろう。策に窮した畑中は八十吉を海に突き落してしまったのさ。自室へ戻って残り酒をひッかけたから、にわかに疲れが出て椅子にもたれたまま寝こんだのだろう。おキンは利巧な女だから、あらましの事情を察して、畑中の熟睡を見すまし、モリを執ってただ一突きに刺し殺したのさ。日本の海女はモリの名手だよ。モリを片手に十尋の海底をくぐって魚を突くに妙を得ている。海女の手中のモリは、虎の手中の箸のように自由なものさね。おキンがわが部屋を出て船長室に忍びこんだ物音はきこえないから、畑中を殺し、金庫をひらいて真珠を奪い、再びわが部屋へ戻ったおキンを、清松の耳はデッキを降りた男の仕業ときいているのさ。今日までは、これを八十吉と心得ていたから、清松はおキンの留守宅に忍びこんで、再々真珠を探したのだ。清松には諦めきれぬ真珠と見えるよ。西洋では宝石にまつわる怪談ほど因果をきわめた物はないぜ。古来本朝にその怪談が少いのは、貧乏な国の一得さ。これがさしずめ本朝宝石怪談の元祖に当るかも知れねえや」

★

昇龍丸の冒険談から殺人事件に至るまで首尾一貫して語るのにヒマがかかって、虎之介が海舟邸を辞去する時はすでに午になろうとしている。幸いそこから新橋は程近いから、人力車を追いこし追いこし駈けつける。すでに一同集って、まさにプレーボール開始寸前。虎之介は海舟から借用した名句も心眼も用いるヒマなく、先ず息を静め汗をおさめるのに大童《おおわらわ》である。新十郎はポケットから一枚の紙片をとりだして、

「さて、今村さんだけが、本日欠席されましたが、欠席の理由は後刻申し上げますが、ここに質問にお答をいただいた紙片がありますから全員参集と認めて犯人探しにうつります」

新十郎は改めて紙片に見入った後、顔を上げてキンに話しかけた。

「昨日の話では事件の夜あなたの部屋を訪れた男がなかったとのお言葉ですが、今村さんの御返事では、そうでないことになっております。夜十時ごろ、今村さんはあなたの部屋へ忍んで参られたそうです。それに相違ございませんか」

キンは気魄するどく否定の身構えを見せたが、余裕綽々として尚すべてを知りつくしているらしい新十郎の落着きをみると、赧《あか》らんでうなだれた。やがて顔をあげて、

「たしかに、そういうことがありましたが、私は前後不覚に熟睡して、はじめは全く気附かなかったのです。同衾している人が良人でないと分ったのは、手の施し様のない状態になった後でした。又、その人が今村さんだということは、今まで知らなかったのです。良人ではない赤の他人の誰かだということだけしか知りませんでした」

尚何か附けたして言おうとするのを、新十郎はおさえて、

「それだけおききすればよろしいのです。清松君がきいた音はソラ耳ではありません。しかし、その人は八十吉君ではなくて今村さんだったのです。ところで、今村さんが質問に答えた言葉に、こういう重大な一句がありますよ。今村さんが八十吉君をデッキから突き落して自室の方へ戻ったとき彼が発見したのは、すでに殺されていた船長でした。又、すでに開かれていた金庫でした。清松君が隣室に殺人や物音をきかなかったの

は無理がありません。今村君が降りてきた時、すでに船長は殺されていたのですから。今村さんは清松君の証言通り三十分程船長室に居りました。なぜなら、彼も亦真珠を探したからです。しかし、それが已に盗まれていることを知ると、次には、それを盗んだ者が何人であるかを突き止めることに努力しました。要するに殺した人が盗んだと思ったのですが、それは当然の着想だったと申せましょう。そこで殺人の現場をつぶさに調べたあげく、犯人を知る代りに、アベコベの物を発見しました。つまり、失われたと諦めた宝石を発見したのです。宝石は屍者のはいた靴のカカトにはめこまれていたのです。屍者は死の瞬間に足を蹴ったので靴のカカトが外れかけていたのです。それに注意した今村氏は、それが専門の靴屋によって精密に造られた二重底の宝石入れで、船長が今日あるを察して出発前に用意した密輸用の容器であるのを知り得たのです。二ツの宝石はその中にありましたが、今村氏はそれをポケットへ納めずに、再び屍者の靴のカカトの中に戻して、誰にも分らぬように蓋をしてしまったのです。なぜならもしも宝石を所持しているのを発見されると、船長殺しの汚名まで蒙らなければならないからです。後刻、人々の油断を見すまして宝石をとりだす時間はあるものと思ったのでしょう。そこでロウソクをふき消し、扉をしめて廊下へでましたが、ええ、ままよと思い、すでに船長が死んでしまえば怖い者はありませんし、それが八十吉君を殺した動機でもありますから、にわかに堪らない気持になっておキン夫人の寝室へ忍びこんだのです。然し、目的を果し、酔いがさめると、にわかに怖しくなり、自分の部屋には寝《やす》まずに、既に人々の寝静まった宴会部屋へ戻って素知らぬフリで眠ってしまったのです。その結果として、大和君の傍若無人な船長代理ぶりに妨げられて靴のカカトの中の宝石は、遂に再び手中に収める機会を失したのです。従って世界に類なき宝石は、船長の屍体もろとも再び海底へ戻ったのです」

新十郎はニコニコして一同を見廻した。

「さて、みなさん。以上によって分りました如く、船長殺しの犯人は、それが目的であったにも拘らず、二ツの宝石を奪うことができなかったのです。彼が開いた金庫の中には無かったのですから仕方がありません。そこで彼はどう考えたでありましょうか。すでに誰か先に盗んだ者があると思ったでしょうか。否々。船長は概ね自室を離れませんから、その時までに盗む機会はなく、又、盗まれて気附かぬ筈はありません。したがって、金庫の中になかったとすれば、盗まれた為ではなくて、始めからそこに無かった為であると思ったのです。彼はこう結論するに至りましたが、それは金庫を開いた当時ではなくて、後刻に至って冷静に考えてからのことでした」

新十郎は又ニコニコと一同を見廻した。

「今我々は二ツの宝石が海底へ戻ったことを知っております。しかし今日までは今村氏以外の何人もこれを知ってはおりません。したがって、大和君の天眼通にも拘らず宝石が見つからないとすれば、それはどこかに巧妙に隠されているのだと推定せざるを得ません。しからば何人がそれを隠したか。その結論をだしうる人物は船長殺しの犯人だけです。即ち、彼が金庫をひらいた時には、金庫の中には無かったが、船長室のどこかに在った筈であります。したがって、真珠が船長室から掻き消えたのは、彼がそこを立ち去った後、そして事件が人々に発見される以前であります。そして、それに当る時間に船長室にはいった人はただ一人しかありません。今村氏ただ一人です。彼は犯人が立ち去った直後に三十分も船長室を物色しているのです。ところが犯人はその人物を今村氏とは知りませんでした。その人物が八十吉君の船室へはいった故に、八十吉君だと思っていました。その結果はどうかと云えば、日本へ戻った八十吉夫人は、その留守宅を五回も掻き廻されているのです。そして、今村氏を八十吉氏と思いこんでいたのは、清松君一人であります」

逃げようとする清松は、いつのまにやら後に忍び寄った花廼屋が苦もなく捕えた。田舎通人、いつもながら、この時だけはカンがよい。新十郎は清松を静かに見つめて、

「お前は一同が真珠を分配する時に、腕が痺れているからとトクを代理に出したそうだが、潜水病は偽りで、予定のカラクリではなかったかね」

観念した清松は悪びれず答えた。

「真珠を手にとって見ているうちに、たしかに潜水病のキザシも起ったのです。しかし何となく切ない気持、淋しい気持で、たまらなくなってゴロリと倒れてしまったのでしたろう。フカシてもらっているうちに、潜水病は二日ぐらいで治りましたが、まだ治らぬ、手と膝が痺れていると偽って、畑中を殺す機会を狙っていたのです。まるで妖しい夢を見ているような気持でした」

それが清松の告白だった。おキンが新十郎に感謝の言葉をのべて、

「あの強情の今村さんが洗いざらい良くも白状したものですね」

と、きくと、新十郎はいささかてれて、

「ナニ、さッきの逆をやったんです。つまり清松の告白書をこしらえて、否応なく問い詰めてしまったのですよ。昭和二十三年以後はこんなことはできなくなるそうですが

ね」

とは言わなかったという話。

★

海舟は虎之介から真犯人の話をきいて、軽くうなずき、

「そうかい。今村が八十吉殺しの、清松が畑中殺しの犯人かい。まことに意外な犯人だが、畑中を殺して金庫をあけた清松に宝石が見つからなくて、色慾のために八十吉を殺した今村に宝石の所在が分ったことも意外。又、その今村に宝石を盗む余裕がなく、おのずから海底へ戻ったことも意外。その意外を知らず、清松があくまで宝石を捜しもとめることによって自滅したのも、又、意外。実に宝石にからまる不思議は、常にこのように意外なものだ。しかし、深く不思議がるにも及ばねえや。ラムネ玉ほどの小ッポケな奴が何百万円もするのだもの、この世に金の値打ほど不思議を働く物はないのさ。虎も清貧に甘んじて、みだりに富貴を望まないのが身の為だよ。かりそめにも金山を当てようなどと浮気心は最もつつしむべきところだ」

これ又意外な説教。しかし虎はことごとく謹んで傾聴しているから世話はない。

冷笑鬼

「隣家に奉公中は御親切にしていただきましたが、本日限りヒマをいただいて明朝帰国いたしますので……」

と、隣家の馬丁の倉三が大原草雪のところへ挨拶に上ると、物好きでヒマ人の草雪はかねてそれを待ちかねていたことだから、

「この淋しい土地に住んでお前のような話相手に去られては先の退屈が思いやられるな。今夕は名残りを惜しんで一パイやろうと、先程から家内にも酒肴の用意を命じてお待ちしていたところだから、さア、さア、おあがんなさい。水野さんのところへは家内にこの由をお伝えしてお許しを得てあげるから。ナニ、水野さんが面倒なことを仰有《おつしや》るようなら、今夜は私のところへ一泊して明朝たちなさい」

「イエ、二日前にヒマをいただいて一昨日から奉公人ではございませんから、今夜はお許しをいただかなくても面倒はございません。まったくの赤の他人で」

ひどいことを云う奴ですが、これにはワケがある。今日はこんなことをズケズケ云うが、倉三も奉公中はなかなか口の堅い男で、主家の話をしたがらない風があったが、ヒマをもらえば赤の他人、酒に酔わせて語らせて隣家の世にもまれな珍な内幕をきき出そうという草雪の物好き。

隣家の水野左近は維新までは三千六百石という旗本の大身であった。彼の祖先は代々相当の頭脳と処世術にたけていたらしく、今日で云えば長と名のつく重役についたことはないが、局次長とか部長という追放の境界線のあたりで、人目にたたずにうまい汁を吸うのが家伝の法則の如くであったという利口な一家。維新の時にも左近はちょうど休職中で、ために人目にたたずに民間へ没してしまった。しかし彼は小栗上野《おぐりこうずけ》と少からぬ縁故があって、当時も目立たぬ存在であっただけに、幕府の財物隠匿にむしろ重要な一役を演じているのではないかということが一部の消息通に取沙汰されたこともあった。

高田馬場の安兵衛の仇討跡から、太田道灌の山吹の里の谷をわたって目白の高台を登って行くと、当時は全くの武蔵野で、自然林や草原の方が多くて田畑などはむしろ少いような自然のままの淋しいところだ。

そこへ家をたてたのは大原草雪が一番早く、次に水野左近が隣に小さな家をたてて移ってきた。それが六年前だ。その翌年に平賀房次郎という官を辞して隠居した人が左近の隣に家をたて、左近の家が三軒のマンナカ、そしてそのほかには附近に人家は一ッもなかった。

三軒とも隠宅という構えで、敷地も小さく家も小さいが、左近の家は特に小さい。もっとも、広からぬ屋敷内に小さい建物が三ツある。主たるのが左近夫婦の住居。次に小さいのが倉三夫婦の住居、次に馬小屋。

さて、左近夫婦の住居というのが、変っている。日本中探したって、他にこんな家は有りッこないが、このウチには玄関というものがない。小さなお勝手口が玄関も兼ねてこの一ツしか入口がないのである。もう一ツ小さな潜り戸があるが、これは左近の居間から外部へ通じる出口で彼以外の者には使用することができない。また、この潜り戸は外側からは手がかりがなくて外から開けようがないという用心堅固なもの。さてこの二ツの戸口以外はあらゆる窓が二寸角の格子戸という牢屋のような造りである。

左近の部屋は二間ある。他に一部屋しかなくて、そこに妻のミネが住んでる。あとは台所と便所があるだけで、湯殿もない。

なるほど玄関がいらないわけだ。お客の来たのを見たことがない。この六年間に三度か四度は隣にお客があるらしいな、と思われるようなことがあった程度である。

左近は米・ミソ・醤油の類は全部自分の居間に置く。去年、倉三の女房お清が死ぬまでは、お清が左近の身の廻りの世話をやって、妻のミネは一切夫の生活に無関係である。食事の支度にかかるには、お清が左近の居間へ米やミソをもらいにくると、左近が一々米やミソの量をはかって釜やナベに入れてやる。オカズも左近の指図通りに買ってきて作る。出来たものを左近が検査した上で、ミネに御飯と漬物だけとり分けて与えるが、料理は一ツもやらない。もっとも彼が食べる料理も実にまずしいもので、イワシとか、ニシンとか、ツクダニ、煮豆というもの。

「美食は愚者の夢である」

というのが左近の説であった。つまり、美味は空腹の所産であるのに、美食の実在を信じるのはバカ者が夢を見ているにすぎん、というのである。一理はあるかも知れん。なるほど彼らの神君家康の思想でもあるらしいが、左近の日常を家康が賞讃するかどうかは疑わしい。

倉三夫婦は別に自炊し、ミネは自分の副食物やさらに主食をとるために内職しなければならなかった。

昨年、倉三の女房お清が死んでからは、左近は自炊するようになり、居間の掃除もセンタクも自分でやって一切ミネの手が介入することを許さないばかりでなく、それを機会にミネに御飯を配給するのもやめてしまった。

倉三は草雪に返盃して、

「私どももその時までは夫婦合わせて四十五銭のお給金をいただいておりました。実は五十銭いただく筈ですが五銭は家賃に差ッ引かれますんで。ところが、お清が死んでから、私のお給金がにわかに二十銭に下落いたしましたんで。男と女の給金が半々同額てえのも聞きなれないが、二十二銭五厘じゃなくって二十銭。当節は男の方が二銭五厘安うござんすかと伺いを立てますてえと、五十銭の半分が二十五銭。そこから五銭の家賃を差ッぴいて二十銭。ねえ。半々にわるてえと二銭五厘もうかりますねえ。あの人のソロバンは」

「なるほど。しかし、お前もよく辛抱したが、あの令夫人はお子供衆や身寄りがないのかい」

「サ、そのことで。実の子が三人おありなんですが、むろん、利口者の奥様がジッと御辛抱なさるのも子供のため。少からぬ遺産があるに相違ないとの見込みでしょうが、こいつが実に謎の謎。イエ、お宝の有る無しじゃアございませんよ。そのお宝の持主が人間ではないとなると……イエ、まったくの話で。水野左近は人間ではない。鬼でございます。しかも明日……」

酔ってもいたが、倉三の目が光った。

★

ミネは左近に嫁して三人の子を生んだ。ところが幕府瓦解とともに左近の人柄が変った。イヤ、変ったわけではない。もともと金銭にこまかく、疑り深くて、人情に冷淡。家族泣かせの左近であったが、外部に対しては如才のない社交家で、人のウケは大そうよい。幕府時代は家族の者にも身分相応にちかいことはしてやらなければならないから、さしたることもなかったが、幕府瓦解とともに左近の本性あらわれて、

「徳川あっての旗本だが、主家が亡びては乞食よりも身分が低くなったのだから、世間なみ、人間なみのことはしていられん。子供などを育てる身分ではなくなったし、子供もオレの子ではない方が幸せにきまっているから、今のうちに振り方をつけなければならん」

こう云って、きかばこそ、長男の正司、そのころまだ十という子供を、玉屋という出入りの菓子屋へデッチ奉公にやってしまった。

「御大身の若様を手前どものデッチなどとは、とても」

と玉屋は拝まんばかりに辞退したが、

「大身などと昔のことだ。主家を失えば路頭に迷う犬畜生同然、道に落ちた芋の皮も拾って食わねばならん。恥も外聞も云うていられん。せめて子供には手に職をつけて麦飯ぐらいは食えるようにしてやりたいから、よろしくたのむ」

と、菓子屋の小僧に住みこませてしまった。次のリツという八ツの娘は子供のないお寺の坊主に養女にやる。ミネは悲歎にくれて、養子養女にやるならせめて同じ旗本のとこへと頼んだが、左近は怖しい剣幕で、

「旗本というのはみんなオレ同様、野良犬だ。坊主や菓子屋は白米もヨーカンもたべられる。貴様も米の飯がたべたいなら、オレのウチにいるな」

しかし、ミネもそのときは必死であった。自分の実兄、月村信祐に子がなかったから、左近に懇願して、次男の幸平を月村の養子にすることができた。そのとき左近は月村の前で、

「どうせ貴公も道におちた芋の皮を食うようになるだろう。芋の皮を食うようになっても、野良犬に親類はないから、どっちの軒先にも立ち寄らんことにしよう」

月村が顔色を変えると、

「野良犬が道で会って挨拶するのはおかしいが、せめて嚙み合わんようにしたまえ」

と言いすてて、サッさとその場を去った。奉公人にもヒマをやって、残ったのは倉三、お清の夫婦とその一子常友であった。

常友はお清の子だが、父は倉三ではなかった。左近にはミネの前に死んだ先妻があった。先妻には一男一女があったが、その長男が女中のお清に孕ませたのが常友で、それを知ると、左近はお清を馬丁の倉三と一しょにさせ長男を勘当して大阪へ追放した。というのは、左近はそのころ船舶通運を支配するような職にあったが、大阪の船問屋が事故を起して彼の取調べをうけていた。左近はその船問屋を懲罰釈放するに当って、オレの勘当した倅《せがれ》を大阪へ連れて行って、町人にしてしまえ。もうオレの倅ではないから大事にするには及ばんが、自分で働いて食えるように取りはからえ、と放りだしてしまったのである。この倅は大阪へ住んでから幕府が瓦解するまでの十年間は、親の威光があるから遊んで暮して遊里に通じ遊芸を身につけ、維新後は東京へ戻って幇間《ほうかん》となり、志道軒ムラクモと号している。

常友の父はムラクモだ。左近の孫である。けれども戸籍の上でも実生活の上でも倉三お清の子供。ところが左近は維新のとき自分の子供たちを処分した際に、倉三お清にも命じて、お前たちのような貧乏人が子供を手もとに、育てておくバカはない。奉公に出してしまえ、と命じて、料理屋へ小僧にださせた。

今や左近は七十五。ミネは五十。先妻の子ムラクモはミネと同年の五十。ミネの長男正司は三十。次男月村幸平は二十五。常友が三十であった。

「八九年前のことですが、菓子屋の玉屋が没落しまして正司様が路頭に迷ったことがありましたが、そのとき玉屋の主人が正司様をお連れして旦那様にお詫びを申上げ、せっかく御子息様をお預りしながら店じまいするような面目ないことを致しまして相済みません。しかし御子息様も今では一人前の立派な職人、どこへ出しても恥しくない腕ですから、本来ならば手前がノレンをわけて差上げなければならないのですが、それが出来ない事情になりましたので、手前に代って店を持たせてあげていただきたい。こう頼んであげたんですが、このときの旦那の返事がよく出来ていましたなア」

倉三は酒にほてった顔をツルリとなでて、妙な笑い方をした。彼は酒をあまり飲まないが水野左近に奉公した身の不運に一生うまい物も食いつけないから、草雪のもてなすあたり前の料理がうまくて大そう食いッぷりがよい。

そのとき左近は玉屋の主人にこう云ったそうだ。

「お前さんが没落すれば職人が路頭に迷うのは当り前だな。主家がそうなれば、職人がそうなる。それは仕方がない」

ミネも涙を流して頼んだが、そんなことでちょッとでも心が動くような左近ではなかった。彼はキセル掃除のために常時手もとに用意しておく紙をとってコヨリを二本つくって、

「主家の没落でオレも路頭に迷っているが、お前さん方は手に職があるから、将来に希望が託せる。オレには貯えもなければ希望もない。お前さん方に何もあげるものがないが、このコヨリを一本ずつあげよう。コヨリのようにいろいろの役に立つものは珍しいな。下駄のハナオにもなるし、羽織のヒモにもなるし、魚のエラを通せば何匹もぶらさげることができて大きな紙もフロシキも使わずにすむ。紙やフロシキで魚をつつむと汁がにじみでて悪臭がうつッて困るものだが、たった一本のコヨリで都合よく魚をぶらさげて運ぶことができる。これをあげるから大事に使いなさい」

コヨリを二人のヒザの上へ一本ずつのせてやって、

「もう午ぢかいから、食事どきには早く帰るのが礼儀だね。礼儀をわきまえなければ益々路頭に迷う」

路頭に迷ったわが子に一食を与えることも許さない。

「菓子屋を一軒ずつ廻って歩けば使ってくれるとこがあるはずだ。それをせずにここへくるのが心得ちがい。主家が没落したにせよ三食や四食のゼニぐらいは貰ったはずだろう」

とミネの涙ながらの懇願にも全くとりあわなかった。

なるほどそれで理窟は通っているようだ。正司は彼が云うように一軒ずつ菓子屋を廻って歩いて、玉屋の主人の口添えもあって、就職することができた。しかし子飼いからの店ではないから、居づらい事情が多くて、店から店へ転々として、三十にもなりながらまだ住みこみの一介の平職人。妻帯する資力もない。

ミネの兄、月村信祐の養子となった幸平は、多少の学問もさせてもらって、銀行員となった。資本金三十万円ほどの小さな国立銀行であるが、はからずも彼は、そこに実父左近の預金が一万七千余円あることを知った。当時としては相当の大金と云わなければならない。

ところが左近の預金は他の銀行にもあった。なぜなら彼は月末になると馬に乗っていずれへか金を引き出しにでかけるが、それは幸平の銀行ではなかった。彼は極端のリンショクにも拘らず、乗馬の趣味だけは今もってつづけているが、一つには実用のために相違ない。老人の足代りに当時としては馬が一番安直だったかも知れないのである。馬丁に手綱をとらせず、一人で走り去る時は、散策もあるかも知れぬが、銀行通いのような人に知られたくない用件があってのことだ。彼はこまかい金で一ヶ月の生活費をチョッキリうけとってきて、概ねツリ銭のいらないように小ゼニを渡して買物を命じた。しかし、左近は幸平の銀行へ現れたことはなかったのである。

幸平の養父母は他界して、彼が一人のこされたが、十七の若年から銀行員となった彼は二十の年には一ぱし経済界の裏面に通じたような錯覚を起し、株に手をだして失敗した。すでに父母がないのを幸いに家財をもって穴をうめたが、こりるどころか益々熱をあげてひきつづいて、相当の穴をあけてしまった。そのとき万策窮して、実父の預金があることを知っているから、ミネに事情をあかして借財をたのんでもらった。

左近は自分の子供がどこで何をしているか、そんなことは気にかけたことがないから、幸平が銀行に勤めているときいたのもそれがはじめて。彼の預金がその銀行に一万七千円あると知って幸平が借財を申しこんだときいて、さすがに彼の目の色がちょッと動いたようであった。

三ヶ月ほどは彼はそれに何の返答も与えなかったが、ある日ミネをよんで、

「幸平に命じて、一万七千円の預金をおろして土曜の午後ここへ来るように言うがよい。土曜の午後早いうちに来るのだよ」

と印鑑を渡した。

ミネは大そう喜んで幸平に知らせたから、生活の破局に瀕していた幸平の感激は話の外である。

一万七千円の現金をおろして宙をふむ思いで実父のもとを訪れたのである。

来てみると、すでに来客が二人いる。一人は常友である。料亭の小僧に出された常友は実直に板前をつとめて一人前の職人になっていたが、イナセな板前たちの中ではグズでノロマで、気立ては一本気で正直だが、腕と云い、頭の働きと云い仲間の中でパッとしない存在だった。そのうち吉原の娼妓の一人と相愛の仲となって結婚しようと堅い約束をむすんだが身請けの金がない。当時は実母のお清も健在だから、何十年はたらいて

も三百円という大金がたまるわけはない。しかし、たった一人の息子が身をかためるという話であるから、お清はワラにすがってても何とかしてやりたい胸の中思いきって左近にたのんでみた。

左近はその借金の申込みが吉原の娼妓の身請けの金ときいて、興がった。彼は馬にのり、倉三に手綱をとらせ、常友に案内させて、吉原へ出かけて行った。

彼は遊里というものを知らなかった。傾城《けいせい》にマコトなし、などと云うのに、相思相愛というのが解せない話で、そういうものが実在するにしても一興だが、行ってみてコトワザの方の真実を裏づけるような事実を見るのも一興である。ナニ、吉原見物そのものが一興。身請けとは古風な話。乙な理由にかこつけて傾城の部屋を訪ねて傾城をあっちこっちからユックリ眺めて、マコトありや、マコトなしや、否、そういうことは二の次、三の次、傾城を肌ちかくトックリ眺めて遊里の生活にふれてみるのがたのしい。見物料も別にいらないらしい。いるかも知れぬが、それは常友が払う金だ。

さて吉原へ乗りこんで常友の女に会ってみると、大そう良い女だ。常友のようなグズで人のよい男を選んで一生の男ときめるのは、むしろ利口で勝気でシッカリしている女だからで、いかにも小股の切れあがった感じ。社交性があって、当りがよい。左近は自分がムコになったようにニタリニタリとなんとなく相好をくずすていたらく。三百円貸していただいて身請けはさせていただいても常さんの板前の稼ぎではいつ返済できるか分らない。それを思うと板前さんの稼ぎなんて心細くて、たよりない。吉原で相当格式のある貸座敷の主人がワケがあって近々廃業帰国することになり、家財も娼妓もついたまま八千円で売りに出ているが、この商売なら五年もかかれば元利をきれいに返済出来る見込みがある。自分も悲しい苦界づとめのおかげで、この商売の経営には自信があるのだが、アア、お金がほしい……。

左近はこの言葉を小耳にとめたが、それは知らぬ顔。とにかくポンと気前よく三百円だしてやって、二人を結婚させた。さて八千円かして二人に貸座敷をやらせると、どう云う事に相成ろうか。月々貸した金の利息をとりに行って、その日はゆっくりとただで傾城の部屋へ坐っていろいろと女の話をしたり、手や膝がふれるとか、まアなにかのハズミでいろいろ思わぬタノシミができるであろう。左近はそう考えめぐらすだけで、なんとなく楽しい毎日をすごした。

彼は勿論本当に八千円の金を貸してやろうなぞと考えていたわけではなかったが、ちょうどそこへ勘当して以来二十五年も音沙汰のなかった志道軒ムラクモが女房子供をつれて親不孝のお詫びにと訪ねて来た。女房は芸者あがりの恋女房、春江といって三十。久吉という十になる一人息子をつれて高価な手みやげを持って訪ねて来た。自分は幇間をやり、女房にはチョッとした一パイ飲み屋をやらせて生活には困っていない。ただなつかしさに一目だけでも拝顔して重なる不孝のお詫びをしたいと矢も楯もたまらずという、そこは多年の幇間できたえた弁舌、情味真実あふれて左近の耳にも悪くはひびかない。

「ペラペラとよく喋るな。その舌でお金をかせぐのか。薄気味のわるい奴だ。お茶坊主のように頭をまるめているが、腹は黒いな」

「恐れ入ります」

「金が欲しかろう」

「慾を云えばキリがありませんが、毎日の暮しには事欠いておりません」

「慾を云えばいくら欲しい」

ムラクモは父の薄笑いを満身にあびてゾッとした。その薄笑いは悪い病気をやんでいるようだ。笑いが病気をやむというのはおかしいが、水野左近が笑っているのではなくて、一ツの薄笑いが彼の顔にのりうつっているように見える。その薄笑いが何か悪い業病につかれているようだ。ひょッとすると左近の顔は死んでいるのかも知れない。あの薄笑いをはいでみると、左近の顔の死相がハッキリとして、そっくり死神の顔かも知れない。薄笑いはその上にひッついて、影を落したように、ジッとしているように見える。なんという病気なのだかとても見当はつけられないが、その薄笑いが彼の満身にジッとそそがれて、その冷さが満身にかかっているのである。

志道軒は油のような暗いモヤがたちこめた夕暮れの墓場に坐っているような気がした。あの人間は誰だろう? あの人間の膝の下にも、自分の膝の下にも草が生えているように思われる。あの人間はオレに何を告白させようというのだろうか。それから、どうしようというのだろうか。志道軒はその薄笑いで首をしめられるような気がした。彼は必死にその薄笑いに目をすえて、

「そう大それた慾ではございませんが、一万円もあれば、一流地に待合、カッポウ旅館のようなものをやってみとうございます。お宝がありさえすれば、モウケの確かな商売はあるのですが、目のきく者にはお宝が授かりません」

「一万円、かしてやろう」

薄笑いが、そう言った。いったい、それが、言葉というものなのだろうか。その言葉

にも病気があるようだ。死にかけているような病気がある。

「五年目に返せるならかしてやる」

「それは必ず返します」

志道軒は何かにひきこまれるように、とッさに叫んでいた。必死であった。彼はうろうろと春江の顔をさがして、彼女にも何か頼めということを必死の目顔で訴えようとすると、驚いたことには、春江はピタリと坐って、三ツ指をついて、薄笑いの方に向って、伏目がちではあるが、ジッと気息を沈めて相対している。春江も草むらの上に坐っているとしか思われない。春江にも病気がのりうつッているように見えた。春江！　もうちょッとで彼は叫び声をたてそうであった。

するとと春江は静かな声で、

「一万円拝借できますれば、子々孫々安穏に暮すことができましょう。主人も今では落ちつきまして、後生を願い、静かな余生をたのしみたいと申すような殊勝な心に傾いているようでございます。しがない暮しはしておりますが、物分りのよい世話好きなどと多少は人様にも信用され、人柄を見こんで目をかけて下さるお客様もおいおいつくように見うけられます。開業さえいたしますれば当日から相当に繁昌いたそうと思われますので、五年で元利の返済はむつかしいこととも思われません。なにとぞ御援助下さいませ」

志道軒はこの場のおのずからの対話、そのおのずから感得されひきこまれた何物かを考えて、これをやっぱり墓場の対話とよぶべきであろうと考える。あの相対する人の薄笑いをはいでみると、その下には、どうしても死んだ顔があったのだと考えるのである。

こういうわけで、志道軒はひょッと老父を二十五年ぶりに訪ねたおかげで、どういうワケだか分らないが、大金をかりるようなことになった。

志道軒は父よりの知らせによって、土曜日の午後に証文を持参して、父を訪れた。すでに一人先客があるのは、これが彼には初対面の自分の子供、お清の生んだ常友なのだ。お清の気質をうけたのか、育った環境のせいか、自分の子供のように思われるところは全くなかった。なんと挨拶の仕様もない困った気持であるが、左近はそういう俗世の小事には全く無関心の様子で、その冷さは人情の世界に住みなれている志道軒のハラワタを凍らせるような妖しさだった。

そこへ流れる汗もふき忘れた如くに急ぎ来着したのが幸平である。この一族には父子の交りも行われていないから、近い血のツナガリある人たちであるが、みんな初対面である。左近が黙っているから、ミネがたまりかねて、幸平に志道軒や常友を紹介する。母の違う兄だの甥だのと云っても、一人は兄どころか親父にしても若くはないような変った風態の大入道。一人は甥だというが自分よりも年上の無学文盲のアンチャンだ。そんなものを一々気にかけてはいられない。実に幸平はそれどころの話ではないから、初対面の人々への挨拶などはウワの空。

持参の包みを急いで開いて、預金帳と印鑑を一万七千円の包みの上に重ねて差出して、

「御命令によりまして一万七千円ひきだして参りました。どうぞお改め下さい」

左近はアリガトウも云わなければ、軽くうなずきもしなかった。実にただ薄笑いをうかべて、幸平の差出したものを黙ってつかんで、まず預金帳を懐中にしまいこみ、次に印鑑をつまんでヘコ帯の中へ入れてグルグルまきこみ、それを帯の一番内側へ指で三四度押しこんでから、札束を摑みあげた。

一万円の束から千円算《かぞ》えてひきぬいて、それを七千円にたして、

「この八千円は常友にかしてやる。コッチの九千円はタイコモチにかしてやる。タイコ

モチのは一万円から千円天引いてあるが、高利貸しにくらべればなんでもない。その代り、ほかの利息はぬいてやるから、五年目に一万円返すがよい。分ったな」

志道軒、常友がうなずくと、証文をとって、

「用がすんだら、帰れ」

左近の顔には、相変らず薄笑いが浮んでいた。

志道軒は待望の大金をわが手におさめた喜びも大方消しとんだようだった。彼は恐しいものを見たのである。恐らく鈍感な常友は気がつかなかったであろうが、人の顔色をよむのが商売のコツでもある志道軒には、こんな恐しいことはむしろ気がつかずにいたいもの、いろいろと人の顔色を見ていたが、こんなムザンな顔を見たのは生れてはじめてのことだ。

左近が札束を二つにわけて常友と志道軒に渡した時の幸平の顔というものは、突然あらゆる感情が無数の鬼になって一時に顔の下からとび起きて毛穴から顔をだして揃って大きな口をあけて首をふりまわしたようだった。幸平の目だの口だの鼻だのへ誰かが棒をさしこんでグリグリまわしているのに、その棒を突ッかえして飛びだしてくる無数の小鬼がいるのだ。彼は本当に大きな口をアングリあけて、二ツの目玉がとびだしたまま

だった。

幸平がいそいそと来着して、初対面の人たちへの挨拶もウワの空に包みを解きはじめた様子を思いだすと、志道軒には全ての事情が察せられたのである。この男は自分に貸してくれる金だと思って、喜び勇んで持参したものにきまっている。左近はフンとも云わずに受けとって、それを直ちに他の二人に、彼の目の前で分け与えたのである。

幸平のムザンな顔もさることながら、それに相対するものとして左近の薄笑いを考えると、それは人間のものでもなければ、鬼のものですらもない。

二十五年ぶりに老父を訪れたときに、いきなり一万円貸してやろうと云いだした時、父の顔には悪病にかかった薄笑いがついていて、それをはぐと、下には死んだ顔、青い死神の顔があるような気がした。その顔と今日の顔とが結びついているのだ。

常友や自分に金をかしたのは、常友と自分に金を貸すことが目的ではなく、幸平にそれを貸さずに、彼の目の前で他の二人に分ち与えるのが目的だったのである。

左近が自分に一万円貸そうと云ったとき、彼が薄笑いを浮べて見ていたのは、この日の瞬間の幸平の顔だったのだ。

志道軒は幸平の顔ばかりでなく、彼の実母ミネの顔も見た。それはやや時をへて後のことであったが、うちひしがれても、うちひしがれても、怒りの逆上するものがこみあげてくるような悲しくすさまじい顔であった。

左近が一万七千円を投じて眺めてたのしみたかったのは、それらの顔であったらしい。それらの怒りや逆上や憎しみであったのだろう。彼にとって血のツナガリや家族とはクサレ縁、むしろ悪縁ということだ。悪縁の者どもが己れに向って人間の発しうるうちでその上のものはないという憎しみや怒りや逆上に狂うのを彼は眺めたいのであろうか。彼の冷い血は、それを眺めてはじめて多少の酔いを感じうるのであろうか。まったく彼の体内に赤い血があるとは思われない。青い血や黒い血が細い泥のように流れているかも知れない。これが人間だということも、自分の父だということも、考えることができなかった。

「これが五年前のことでござんすよ」

と、倉三は長い話を一と区切りして、冷い杯をなめた。

彼の顔は妙にゆがんだ。はげしい嫌悪が、とつぜん彼の顔に現れたのである。草雪が瞬間ギョッとしたほど生々しいものであった。倉三は平静にかえった。

「さて、五年前は、とにかく、これで済みましたが、五年後に何が起ると思いますか。

その五年後が、実はあしたなんで。イエ、あしたが五年目の同月同日てえワケではありませんがね。五年前に輪をかけたことがオッぱじまろうてえ段どりで、私は永の奉公の奉公じまいという三日前に、旦那の云いつけで、一々案内状を持ってまわって来ましたんで。明日は水野左近の息子と孫がみんなあそこへ集りますが、そこで何がオッぱじまるかてえと、これが五年前にチャンと水野左近の頭の中に筋書ができていたのでさアね。呆れた話で」

倉三はムッと怒った顔になって、ちょッと口をつぐんだ。

★

五年前のあの時には、何事にもジッと堪え忍ぶことに馴れているさすがのミネも血相を変えた。わが身のことに堪え得ても、子供のことには堪えられぬ母の一念であろう。あまりと云えばムゴタラしい仕打ちです。それではこの子があまり気の毒です、と、日頃の我慢を忘れて泣き狂い叫び狂うミネの狂態を半日の余もじらしたあげく、左近は薄笑いをうかべて、こう云ったのである。

「なるほど、片手落ちはいけないな。五年目にお前の子にも、なんとかしてやろう。五年ぐらいは夢のうちだな」

その五年目が明日であった。

その三日前、倉三が当日限りでヒマをもらうという最後の日によびよせて、

「今日がお前の奉公じまいの日だな。奉公が終ってから、あと三ヶ日だけタダで泊めてやるから、三ヶ日のうちに荷物の整理をつけて立ち去るがよい。その三ヶ日はもはや奉公人ではないからウチの用はしなくともよい。さて、最後に一とッ走りしてもらおう」

と、倉三を走らせて、志道軒、正司、幸平、常友のところへやり、倉三が立ち去る日の午すぎに当日財産を分与するからと参集を命じた。志道軒と常友は当日約束の貸金元利とりそろえて持参のこと、いずれも、心得ましたという返事があった。志道軒も常友も営業は格別のこともないが、まア順調のようであった。倉三が立ち戻って、承知しましたという一同の返事を伝えると、左近はニヤリと実に卑しげな笑みをもらして、にわかに抜き足さし足、自分の部屋へ泥棒にはいるようなカッコウで歩きながらチョイチョイとふりかえりつつ手まねきで倉三をよぶ。倉三がやむなく中へはいると、自分は一番奥の壁にピッタリひッついて尚もしきりに手まねきで自分の前まで呼びよせて、「シイー」口に指を当てて沈黙を示し、膝と膝をピッタリつき合わせて尚も無限ににじり寄

りたげに、そして倉三の上体にからんで這い登るように延びあがって、倉三の耳もとに口をよせて尚、手で障子をつくり、

「お前はその朝ヒマをとって出かけるから見ることが出来ないから、面白いことを教えてやる。財産を分けてやるというが、実は誰も一文にもならない。おまけに銘々が憎み合って仲がわるくなるだけだ」

左近はそこまで云うと、たまりかねてクックッと忍び笑いをもらすのだった。

幸平は五年前に公金で株を買って穴をあけ、当《あて》にしていた左近からの借金は目の前で人のフトコロへ飛び去ってしまい、まもなく公金横領が発覚してしまった。亡父の遺産を全部売り払っても数千円の穴がのこり、ミネが然るべき筋へお百度をふみ、母の慈愛が実をむすんで、とにかく表沙汰にならずにすんだ。五年後に実父から財産分与があることになっているから、そのとき残額およびに当日までの利子をつけて支払う。そういう一札をいれて、銀行の方はクビになった。その後はソバ屋の出前持に落ちぶれて辛くも糊口をしのいでいた。

兄の正司も三十となり、なんとかして嫁をもらって一戸をたて、自分の店も持ちたいと思うが、最初の主家が没落したために、その後の奉公は次々とうまくいかず、まだ住

み込みの平職人で、間借りして独立の生計をたてるのもオボツカなく、店をひらくどころか嫁をもらう資力すらも見込みがない有様であった。そのために元々陰鬱な性格が益々暗くひねくれて無口となり動作が重い。二十一二の若造がいっぱし高給をもらって面白おかしく暮しているのに、彼は女中や小僧どもにもナマズなどと渾名でよばれて、ちょッと目をむくが、どうすることもできない。立腹して暴力をふるい、店をしくじって路頭に迷ったことも再度あって、今では我慢がカンジンと思うようになった。彼がヒゲをたくわえたのも主人の訓戒をうけたからで、腹の立つときはヒゲに手を当てて自分の齢を考えるように、その訓戒をまもってヒゲに手を当てて大過なきを得ているが、そのおかげでナマズなどと呼ばれもする。

左近は常友が返済する八千円を幸平の公金横領の穴ウメには与えずに、兄の正司に与えるツモリであった。ただしそれには次の誓約書が必要である。正司はその八千円から弟の公金横領の穴ウメに要する金額を貸し与える。弟は兄と談合の上二十年なり三十年なりの月賦によって借金を返済する。この約を守らなければ正司は八千円の所有者とはなり得ない。

ところが幸平が穴ウメに要する金は五ヶ年の元利七千八百五十円ほどになっている。

それを弟に貸し与えると、彼の手にのこるのはたった百五十円にすぎない。せっかく八千円の財産をもらっても、百五十円だけ握って、あとは捨てるようなものだ。三十の年配になってもたった一部屋の城主にもなれずナマズヒゲに手を当てて小僧や女中の嘲弄に胸をさすらなければならぬ正司の煩悶は尽きるところを知らぬであろう。

さてこの借金を兄に返済する段になると、月に十円の大金を支払っても六十五年もかかる。ソバ屋の出前持の給金は、住みこみ月額三円五十銭というから、月に五十銭か、せいぜい一円の支払い能力しかなく、実に元金の返済だけでも六百五十年を要するのである。

幸平はこの七千八百五十円をわが物としなければ、ついに法の裁きをうけて牢舎にこめられ、世間の相手にされなくなって暗い一生をいつも葬式のようにヒソヒソと歩いて送らなければならなくなる。是が非でも、これをわが物としなければならないのである。

骨肉を分けた実の兄弟がこの問題をめぐってどのような結果に相成るか、左近の興はつきるところがない。

さて一方、志道軒は命によって不足分を諸方の借金でようやく間に合わせた一万円をフトコロに、一子久吉をつれて到着する。本夕財産の分与をすると云い、一子久吉をつれて参れとあるから、志道軒こそは勘当をうけたとは云え、左近の嫡男である。よしんば自分の過去には香《かんば》しからぬ歴史があっても、一子久吉はまぎれもない水野家の嫡流、当然家をつぐべきはこの子供だ。フトコロの一万円ぐらい返しても、その何倍、何十倍という財宝が本日ころがりこむだろう、と胸算用をしながら到着するに相違ない。

そこで左近は志道軒から一万円をうけとって、証文を返してやる。それから久吉の頭をなでてやったりしながら、志道軒に向って、

「その方はオレの長男ではあるが、勘当をうけた身であるから、後をつぐことはできない。しかし貴様の長男は、当然の嫡流で、わが後をつぐものはこの者だ。よってその方の長男たる常友にこの一万円を与える。これがオレの全財産だ」

こう云って一万円を常友に与えるが、これにまた条件がある。

「常友が当家の嫡流であることはこのオレがその事実を承知しているが、表向きはよその戸籍の人間だから、その戸籍を訂正するまではこの一万円はお前にはやれぬ。それまではお前の弟の久吉に預けておく。お前が戸籍を訂正しないうちに万が一のことがあれば、弟の久吉が当家をつぐことになる。とにかくお前が当家の戸籍に返るまで、この

一万円を久吉に預けて、その久吉の身柄は一万円ごとオレが当家に、このオレの室内に当分預っておくことにする。これで当家の相続問題と財産の分配はすんだが、本日は歴代の当主にとって一番大事な相続者がきまった日だから、オレにとってはこれほど目出たい日はない。特別に酒肴をだすから、今夕は存分に酩酊して、一同当家に一泊するがよかろう」

そこで用意の酒肴をとりだして一同にふるまう。ここに意外にも最も当が外れたのは志道軒ムラクモであろう。若いころのふとした出来心、イタズラ心の所産で、常友が自分の子のような気は毛頭しないばかりでなく、生れた時から倉三の倅で、倉三のウチの畳の上で生れたガキではないか。オレの子と知っているのは内輪の四人五人だけで、親類縁者でもオレのオトシダネとは知らないのが普通だ。これがオレの嫡男とは迷惑な話。実にどうも思いもよらぬ。月にムラクモ。どうもオレの名が悪いや。しかし、彼奴《あいつ》が水野家の戸籍の人間になる前に万が一のことがあれば、久吉がオレの嫡男、代って当家をつぐ嫡流はこれだと言ったな。一思いに彼奴をバラしてしまえば、当家の財産は久吉のもの、つまりオレの物だ。老いぼれ狸は白ッぱくれて当家の財産はこの一万円だけだなどと云っているが、オレは昔この目で見て知っている。もっと大財産がある筈だし、爪で火をともすようなケチンボーがその財産を一文たりとも減らしている筈はない。老いぼれが死んでみれば分ることだが、とにかく、常友の奴が水野の戸籍の人間になる前に万が一にしてしまえばいいわけだ。なに、オレの実子だなどと笑わせるな。オレはあんなバカな子供を生んだ覚えはないな。コッちがわが子とは思わないのに、わが子と称する怪物は尚のこと万が一にした方が清々としてよろしいようなものだ。

志道軒はこう考える。酒の酔いにつれて益々殺意がたかぶるにきまっている。

左近は一万円と久吉をつれて自分の部屋へひきこもる。四名の男と一名の女が酔っ払って一室にのこる。この夜、この機会を失えば、実の兄弟、父子といえども、再び一室に宿泊するはおろかなこと、たまたま同席するたった十分間の機会があるかどうかも疑わしい。

左近は夢中にのびあがって倉三の耳に益々口を近づけて、手の障子をかたく張りまわして、

「ナマズと出前持は八千円のことで酔えば酔うほど気が気じゃないぞ。その八千円はナマズのフトコロにあるが、明朝までには出前持に七千八百五十円貸すか貸さぬかきめなければならんな。出前持はその金を借りなければ牢屋へ入れられるからこれは一生の大

事だからな。ミネにしてみれば、二人の子供のどちらにもいいようにしてやりたいが、自分がその金を盗んだフリをして井戸へでも飛びこむかなア。タイコモチと女郎屋を殺してしまえば、二人の子供によいかも知れんが、久吉がオレと一しょに別室にいては一度にカタがつかなくてこまる。タイコモチは自分の倅の女郎屋を万が一にしてしまえばオレのものだと思いつのる一方だから頭に血がのぼって心臓が早鐘をうつようになる。そのとき」

左近はまた、たまりかねてクックッ忍び笑いをしはじめた。さすがの倉三もここに至って、まさにミイラになったように怖しさに身動きができなくなってしまった。

左近は己れに最も血の近い五名の骨肉が盗み、殺し、自殺する動機をつくり機会を与えて、それを見物し、結果いかんと全身亢奮に狂っているのだ。人でもなければ、鬼も遠く及ばない。彼はもはや最も親しい者どもが血で血を洗い、慾に狂い、憎しみにもえて、殺し合うのを見て酔うほかには生きる目的がないのであろう。

左近はようやく忍び笑いを噛み殺して、

「そのとき、な。オレが、なにか、やる。一ツのキッカケをな」

彼はまた、たまりかねて忍び笑い、それを噛み殺すために幾条もの涙の流れをアゴの下まで長くたらした。

彼はもう言わなくとも分るだろうというように、いかにも、さもあるべしというかの如くに、いくつとなく、うなずいた。

「な。面白いことになるぞ。これは、誰にも云うな。見たかったら、お前も夜中に窓の外へ忍んでこい。その音がきこえるだけでも、おもしろいぞ」

そうささやいて、自分の口に指を当てて、沈黙を命じ、手ぶりで去れと命じたのである。それが明晩、水野家に於て起る予定の出来事であった。

倉三は語り終って、酔いもさめ、ぐったり疲れきってしまった。

「怖しくって誰にも打ちあける勇気がありませんでしたが、はじめてあなたに打ち開けて、自分でもこんなことを物語っているだけでも夢を見ているようでさア。私はとても窓の外へ忍んでくるほどの度胸はありませんが、大原の旦那、明晩はとにかくタダじゃアすみませんぜ」

草雪も聞き終って、しばしは呆然と口をつぐんでいるのみであった。ようやく、ホッと息をついたが、このようなケタの外れた話については、きいたり、語ったりすることが見当らなかった。

「お前さんは常友さんの吉原の貸座敷とやらへ落着くのじゃないのかね」

「とんでもない。お清はとにかく、私はアイツの子供の時から、親のようにしてやったことは一度もありませんので」

云い終ってから倉三は、思いだしたようにちょッと頭をかいて、

「実は野郎が嫁をもらって女郎屋をやるときに、私と野郎の親子の縁は——戸籍の上のことではありませんが、旦那の前で起請をとって、フッツリ手を切るようにさせられましたようなわけで。ヘッヘッヘ」

倉三の最後の笑いは、なんとなく未練がましくひびいた。

★

翌朝、倉三は帰国の旅についた。

そのあとで、水野家へどのような人が訪ねてきたか、物好きの草雪も一日見張りをつづけるほどの根気があるわけではないから、来客の姿を目で見たものはなかったのである。

なるほど夜になってから数名の声がきこえはじめたのは、酒宴のせいらしい。ケチン

ボーの左近はランプもローソクも用いずに、いまだにアンドンを使っていた。

酒宴は長くつづいて、いつまでもキリがなく人声がきこえてくるが話の内容は分らないし、果して酒宴の人声であるか、口論だか交驩《こうかん》だか、そういうこともシカとは見当がつけられない。酔っ払って唄をうたうようなのは一度もきこえなかったが、酒宴の事情が事情だから、唄のないのが自然であろう。もっとも、志道軒ムラクモというその道の専門家がいるから、この人物は親父の死に目やムシ歯の痛む最中でも唄って唄えない仁ではなかろう。左近の声だけは一度もきこえないが、地声が低いからきこえないのが当然だった。

隣家にあまり険悪な様子もないので、早寝の草雪は自然にねむくなって、いつのまにやらねむりこんで、翌朝、太陽が高くあがるまで目がさめなかった。

おそい朝食をすまして、ゆっくりお茶をのんでいると、着流しの平賀房次郎が窓の外からヌッと顔をさしこんで、

「相変らず早寝の朝寝のようですなア。ゆうべは珍らしく隣家に多勢の来客があって、おそくまで賑かでしたが、どうも、それで、ちょっと気になることがあってなア」

草雪はハッとして、

「エ？　気になることがありましたか。それは、いつごろのことで」

「イエ、今のことですよ。三日前から馬丁の倉三君の奉公が終ったとかで、早起きの老人が早朝から馬にカイバをやって、馬小屋の世話を念入りに見ていたものですが、今日はまだ誰も馬の世話をしてやった者がない。馬が腹をすかして羽目板を蹴っているが、早起きでキチョウメンの老人がどうしたのやら。多勢の来客も泊ったようだが、誰か起きてきそうなものですがなア」

　午後になっても誰も起きてくる者がない。妙だというので、二人の隣人が警察へ知らせて、警官とともに中へはいろうとすると、勝手口も、居間の潜り戸も内からカギやカンヌキがかかっているらしく、外からはあけられない。窓をしらべても、頑丈な格子がはまっている上に雨戸も堅く閉じられていて、猿や猫でも出入できるような隙間がなかった。ようやく勝手口をこじあけて中へはいると、実にサンタンたるものである。

　台所の次の部屋にはミネがノドを突いて血の海へうつぶしてことぎれている。ヒザをシッカとヒモでむすび、自らノドを突いた覚悟の自殺のようであった。

　さて、この部屋につづいて左近の専用室が二つあるそうだが、出入口は一ヶ所幅三尺、高さが六尺の厚い板戸によって仕切られている。この一枚の板戸以外は厚い壁になっていた。板戸は左近の側から左右にカンヌキがかかるようになっている。しかし、そのカンヌキはかかっておらず、開けることができた。

戸口にちかいところに、左近が妙なカッコウにゆがみながら俯伏して死んでいた。背後から左近の背のほぼ中央を突いた小太刀が、ほとんどツバの附け根まで指しこまれ、肝臓の下部のあたりを突きぬいて一尺ほども刀の尖がとびだしていた。

左近の屍体の近所には、フシギにも、八本の刀のサヤと七本の刀身がちらかっているが、いずれも刀身はサヤから抜き放れて別になって散らかっており、サヤが一本多いのは、刀身の一本が左近の身体にさしこまれているせいであった。

その奥の部屋には、二ツの寝床がしかれていた。

ミネが死んでいる部屋は全てがキレイに片づけられて、整頓されており、多数の人が泊ったあとは見られない。寝床は左近の奥の部屋に二ツしかれているだけだ。枕も各々に一ツずつ。どちらも一度は人がねたらしい形跡があった。

「おそくまで多勢の話声がしていたが。あの時刻から帰宅できるとすれば、近所に住む人々に限るようだが」

「多勢の客がいた跡がないのはフシギだね」

と、昨夜の意外な来客の様子が特に深く印象されている二人の隣人がいぶかりながら台所を通って出ようとすると、――あった。おびただしい食器類がタライの中にゴチャゴチャつめこんであり、その中にはこのウチでふだん用のない筈のカン徳利もタクサンある。そして台所の片隅に一升徳利が三本もあった。

場所が近いので、結城新十郎は古田巡査の迎えに応じて直ちに出動した。

新十郎がビックリしたのは、抜身の刀が左近の屍体の附近にしこたま散らかっていることだった。散らかっている抜身のどの一ツにも新しい血の跡はなかった。新十郎は左近の部屋と、ミネの死んでいた隣室との唯一の通路たる厚い板戸をしらべ、板戸の左右、三尺ほどの高さにあるカンヌキをしらべ、そのほかに、左近の屍体のあたりの壁の上方に欄間があって、二寸角もあるようなガンコな格子がはまっているのに注意したが、その格子に手をかけて揺さぶると、それはシッカリはまっていて、一度も取り外されたような形跡は見られなかった。

そのとき、そッと顔をだしたのは大原草雪である。彼はキマリわるそうに、

「一寸《ちよつと》お知らせしたいことがあるんですが」

と新十郎に挨拶して、倉三からきいた左近のフシギな実験についての計画を物語った

のである。ここに於て局面は一変し、当日の出席者たる志道軒、常友、正司、幸平、ならびに久吉も呼ばれて各々別室に留置され、また、いったん小田原在の生国へ立ち戻った倉三も呼びだされた。彼は事件のあった日の夕刻、まちがいなく生国へ戻っており、その夜のアリバイはハッキリしていた。彼の無罪は明らかになったが、その証言が重大であるために、彼は最も鄭重《ていちょう》な扱いをうけて警察に宿泊することとなったのである。

ところが、こんな奇妙な事実はあるものではない。倉三の証言によって、当日水野の家に参集した筈の人物は全部個別的に取調べをうけたが、彼らの全ては、当日たしかに水野家へ参集したことをアッサリ認めたばかりでなく、酒宴となって夜更けまで酒をのんだこと、左近と久吉がその専用室へ立ち去って、そのとき厚い板戸は左近の手で閉じられて直ちに内側からカンヌキをかける音がハッキリきこえたこと、とりのこされた四名の男とミネは各自ミネに手伝って部屋の食事を片づけて、終ってミネが部屋を掃きだしてから五名の寝床をしいたこと、板前の職人だった常友が甚だ熱心に食器洗い等に立ち働いて甚だしくミネの感謝をかい、出前持の幸平はそれが目下の本職であるにも拘らず手伝いに加わらないので、

「だから、お前は……」

と、ミネに云われた。その言葉の終りは聞きとれなかったが、すると幸平はいきなり手の近くにあった皿をとって台所の方へ投げつけた。それは台所に接する壁にぶつかって割れたが、それまで幸平と同じように手伝うことを怠っていた正司は、それにハッとして立ち上ったが、にわかに台所へ歩いていって、然し皿洗いに働く常友や食器の運搬に立ち働く志道軒には目もくれず、一升徳利のところへマッシグラにすすんで、それを両手に持ち上げてラッパ飲みにしはじめた。

倉三が左近から打ちあけられた話であるが、常友の持参した八千円と志道軒の持参した一万円を予定通りの方法で予定の人に授与したのは事実で、相続者としては常友が正当な嫡流であり、ただし水野家の籍に直るまで一万円は次の相続者たる久吉に預けてその身柄を左近が預る、ということも、実際そのように左近の指定発言が行われたのであった。

一同は後を片づけてから寝床をしいて眠った。特にねる場所に注意したのはミネで、彼女は正司と幸平の中間に場所をしめ、二人の実子に己れの左右にねむることを指定した。その注意は他の二人にも彼ら自身の注意を喚起させ、志道軒は三名の足の方の寝床にねむり、常友は三名の頭の側の寝床にねむった。左近の居間への板戸に近い位置には正司と常友が近く、ミネも遠くはなかった。最も離れているのは志道軒と幸平であった。また常友は欄間をはさんで、左近の屍体と壁の左右に位置していた。

何物かが寝しずまった部屋の中へ天井から降ってきた。誰ともなく一同は総立ちになった。そして騒いだ。暗闇の中を誰がどのように騒いで行動したか分らなかったが、そのうちに降ってくる物が抜身の刀であることに気附いた人々が益々狼狽し、誰かが刀だと一言云うと、やがて誰かが斬り合いをしたかのように、人々は生きた心地を失いフトンを楯の代りに構えて用心しつつ、壁に吸いついてすくんでたり、ジリジリ移動したりした。二人の身体がちょッとふれると二人は無言でパッとはじかれて飛び放れたり、地上にふしてフトンをかぶって構えたりするのであった。

誰も自分でアンドンを探して燈火をつけることを考えたものがなかった。身をまもることに必死だったのである。ついに燈火をつけたのはミネであった。あまり緊張のはげしい異常な時間であったから、どれぐらいの時間が経過したか自信をもって言いうる者はいないが、十五分か二十分か三十分か、気分的には一時間以上のようだと思ってみることも不可能ではなかった。

室内の五人には誰も異常がなかった。ミネだけはそうではなかったが、志道軒も、正司も、幸平も、常友も、みんな抜身を片手にもって、片手にフトンをかざしていた。

フシギなことには、左近の居間へ通じる板戸が開け放たれているのだ。四名の者は改めてギョッと恐怖に立ちすくんだ。四名は各自羞じらったり、てれたりして刀とフトンを下へ落して、左近の居間へはいった。

左近は背後から一刀のもとに突き伏せられて死んでいたのである。その物音に気附いた者は一人もいなかった。久吉は寝床の中から首をだして、ビックリと目を光らせていた。彼の寝床の位置から、左近の屍体は見えなかったのである。

一同は相談の結果、夜明け前に逃げ去ることにきめた。全員にげだした筈だが、いつかバラバラになり、ミネが後に残って自害したことは、それが発見されるまで四名の男は知らなかった。彼らが立ち去るとき、寝床も抜き身もほッたらかしたままであった。それを片づけて、抜き身を左近の身辺へ捨ててきたのはミネの仕業であったろう。

同室の四名の男はかねて答弁を言い合わした様子もないのに、まったく同じような返事であった。四人は各自が人に狙われているとカンチガイして、隣室で左近が殺されたのに気附いた者は一人といえどもいなかったし、その疑いを起したものもいなかった。自分の一個の大事に逆上して取りみだしていたのだ。

とにかく、いくらか違った返事のできるのは、左近とねていた久吉だけであった。

しかし久吉の返答は実にカンタンであった。つまり目がさめたら人がドヤドヤ部屋の中へはいってきた。そのちょッと前に目がさめていたが、暗闇で何も見えないので、何かの音がするけれども、フトンをかぶっていた。何かの音は左近の死んだ音ではなくて、多勢の人の音のようであった。久吉がポツンポツンと語ることはそれで全部で、一そうワケが分らなくなるばかりであった。

警察の断定はハッキリしていた。ミネの夫殺しであり、そのための自殺であった。アンドンをつける落着きをもつ唯一の人物ミネが、かかる冷静な犯行をなしうることはフシギではない。彼女が夫を殺したい気持は鬼といえども同情の涙をもって許したであろう。この住家に左近以外の唯一の同居者たるミネが、カンヌキを外すコツも心得ていたのはフシギではない。

「ミネが夫を殺して自殺したものと断定しますが、結城さんの御意見は?」

と署長に訊ねられた新十郎はカンタンにうなずいて、

「それで不満はありません。世間の人がそれに不服を言うこともありますまい。誰かが殺さなければ、私が殺したかも知れません。わざわざこの犯人を探すぐらいなら、武田信玄が自然死であるか、他殺であるか、自殺であるか、その犯人でもさがした方がマシなぐらいですよ」

と新十郎は苦りきって答えた。

★

海舟の前に、珍しや新十郎と花廼屋《はなのや》と虎之介がズラリと並んで坐っていた。

海舟は事件の状況をこまかに聞き終って、例の如くナイフを逆手に悪血をしぼっていた。海舟は水野左近にはツキアイがなかったが、旗本の大身であるから、その名を知らないわけはない。虎之介は志道軒ムラクモの少年時代の剣術の同門で、年配も同じぐらいであった。もっとも志道軒は二十の年で勘当されたから、虎之介も彼について深い記憶があるわけでもない。

海舟は悪血をとりながら新十郎に向って、

「板戸のカンヌキは外側から工夫してあけられる仕掛けがありそうかい」

新十郎はニッコリ笑って、

「全然ございません。板戸は柱を通りこして溝の中へピッタリはまるようにできておりますから外部からは隙間というものがございません」

「すると内側の者でなければカンヌキを外すことはできないな」

「その通りです」

「左近はカンヌキをしめるのを忘れたか、または左近がカンヌキを外したか」

「なぜでしょうか」

海舟は新十郎の澄んだ目を見てフフンと笑って、

「奴メ、かねて用意の八本の刀をみんな隣室へ投げこんで、だんだん騒ぎがはじまったから、ソッと板戸をひらいてみたと考えられないかな」

「ハハア。天の岩戸でげすか。汚らしい大神様だね。力持の神様は誰だろう」

花廼屋は遠慮なく海舟先生をまぜッ返している。ここがこの男の身上である。

新十郎はややはじらって、

「先生の推理も一理ですが、部屋はいずれも真の闇で、左近といえども視覚によって愉しむことは思考外でありましたろう。それに、左近が殺された位置は、彼が隣室へ抜身を投げこみつつあった位置で、そこは欄間の下でもあって、隣室の音をききわけるには最も適した位置のようです」

花廼屋はウッと驚き、膝を一打。

「さては犯人は、久吉！」

新十郎はいささか困惑。

「左近を突き刺した者は、子供でもなければ女でもあり得ますまい。相当に腕のたつ人。正司と常友は幼児から菓子屋と料亭へ小僧にあがった根からの町人で腕が立つとも思われませんし、幸平も武道には縁のない優男《やさおとこ》。ツカの根元までクラヤミの気配を狙って一刺しにできるのは相当の使い手でありましょう。剣術に手練《てだれ》の者は泉山先生の同門、志道軒一人のようです」

新十郎はニッコリ笑って推理にとりかかった。

「内側からカンヌキを外した者が左近でないと分れば、この謎は解けましょう。カンヌキを外したのは久吉の他に有る筈がございません。そして久吉がカンヌキを外したことを全然否定している事実をお気づきになれば事件の謎は一目リョウゼンです。父親志道軒の云いつけ以外に、久吉が嘘をつく筈はありません。そして久吉がカンヌキを外したことを志道軒が隠さねばならぬ必要があるのは、彼がそれを利用して左近を殺したからでありましょう」

それだけの推理では彼も甚だ不満の様子であった。彼は言葉をつづけて、

「倉三の話によりますと、骨肉相食む地獄図の実演を創案した左近の設計には些か狂いがあったようです。その最も甚しいのが、いったん常友を相続者と定め、但し水野の戸籍に直った時を相続人の時期と定めて、それ以前に彼に万が一のことがあれば、久吉を以て相続人と定める旨を言い渡しました。倉三の語るところではこれは、志道軒をして、常友が水野の戸籍に直る前に殺させようとの企みで、常友と志道軒が他日再会することも容易でないから、その晩殺すに極っていると一方的に思いこんでいたようです。これが左近の大失敗でありました」

新十郎は愉しげに笑って、

「正司や幸平には常友を殺す動機はありませんから、もしも常友が殺されればその犯人は志道軒と自ら白状しているようなものではありませんか。しかし、常友の相続を妨げるもっともカンタンな方法があるのですよ。それはその晩、左近を殺してしまえばよろしいのです。さすればその晩は常友が水野の籍に直る前にきまっておりますから、相続者は久吉たること、決定的ではありませんか。おまけに常友が殺された場合とちがって、左近が殺された場合には、ミネも幸平も正司も彼を殺すに充分で、また強烈な動機

があります。左近は人が殺し合うことにばかり熱中して、自分が殺されるに最も適当な条件がでていることを全く失念していたのですよ。さて、久吉は常友の相続が確定するまで、一万円とともに左近の室に同居することに昼のうちに定まりました。よってその晩からすでに左近と寝室を同じくするに相違ないから、酒宴が長時間つづいているうちに、久吉に命じてカンヌキを外すように言い含める時間や機会はいくらもあった筈でしょう。左近が抜身の雨を降らせたのは願ってもないことで、志道軒は己れの目的がハッキリしていて板戸のカンヌキが外れているのも知っているから、他の人々のように狼狽することもなく、まッすぐに左近の居室へのりこんで、彼を刺し殺してしまったのでしょう。なお、ミネが自害したのは、二人の実子のいずれかが犯人であろうと疑ってその罪をきるつもりであったのでしょう。幸平と正司が酒宴のあとで示した逆上的なフルマイなどは、母親にその疑いを起させるに充分の理由があったのでしょうね」

新十郎が語り終ると海舟がうなずいて、

「なるほど。だが、左近を必ずしも悪しざまには云えまい。人が悪魔たることはボンクラにまさること数千倍。非凡であるな」

虎之介がギョッとしてマンまるい目の玉をむいた。

「なア、ベク助。貴公、小野の小町の弟に当る朝臣《あそん》だなア。人に肌を見せたことがないそうだなア。ハッハッハア」

五忘にこう云われて、ベク助は苦い顔をした。イヤなことを云う奴だ。この寺へ奉公して足かけ四年になるが、五忘の奴がこう云いはじめたのは今年の夏からのことである。そのときは、

「貴公、めっぽう汗ッかきだが、肌をぬがねえのがフシギだなア」

「ヘッヘ。お寺勤めの心掛けでござんしょう」

「ハッハ。それにしちゃア、毎晩縁先からの立小便はお寺ながらも風流すぎるようだなア」

なぞと云っていた。

肌を見せてはならぬ曰くインネン大有りのベク助だが、まさかその秘密が見ぬかれた

ワケではあるまい。

とは云え、この寺の奴らときては油断のならぬ曲者《くせもの》ぞろいだ。

今はなくなったが、芝で七宝寺といえば相当な寺であった。ところが、維新の廃仏毀釈に、この寺が特に手痛く町民の槍玉にあげられたが、それは住職の三休が呑む打つ買うの大ナマグサのせいであった。

けれども三休はおどろかない。坊主には惜しい商魂商才、生活力旺盛であるから、お経なんぞあげない方が稼ぎになろうというものだ。その上目先がきいているから、仏像がタダ同然値下りのドサクサ中に諸方のお寺の仏像をかきあつめ、十年あとではそれが大そうなモウケとなっているのである。

のみならず、生れつき手先が器用だから、自分で仏像をきざむ、倅《せがれ》の五忘には小さい時から仕込んだから、親子鼻唄マジリで年に二十体も仏像を刻めば大そうなミイリになる。泥づけにして、千年前、六百年前、何々寺の尊だ秘仏だと巧みに売りさばくのである。

たまたま旅先で箕作《みつく》りのベク助の器用な腕に目をつけた。これを雇入《やとい》れて、生産力が倍加したが、五忘の奴が父に劣らぬ道楽者で、父子相たずさえて遊興にふける。お寺ある。

の本堂でバクチをやる。ミイリはあるが、出るのも早くて、年中ピイピイである。ベク助は住込みで月十円の高給。食住がタダで十円だから、相当な給料だ。三休と五忘は時に貧窮して、ベク助に金をかりる。すると天引き二割、月の利息二割で貸しつける。とりたてはきびしい。ベク助は大望があるから、今はせっせと金をためているのである。

ベク助は箕作りとはウソであった。

人殺しと牢破りの兇状もち。名古屋に生れて東京横浜で育ち、大阪で牢に入った大工の新八という名題《なだい》の兇状もちであるが、うまいことには牢を破って山中をうろつくうちに、熊と闘って額から頰へ平手うちをくらって、片目がつぶれ、片アゴをかみとられた。しかし熊を斬り殺して、熊肉を食いつつその場に倒れ伏して死を待つうちに、悪運つよく生き返ったばかりでなく、すッかり人相が変り、別人に誕生してしまった。

そこで箕作りのベク助と相なったワケだが、ここに一ツだけ変らぬ物があった。ベク助が人に肌を見せないのは、そのためだ。

肌さえ見せなければ、生れ変ったこの人相、肌を見せないことが多少怪しみをうけても、真の秘密が見破られることは有りッこないとベク助は自負していた。油断のならない五忘だが、肌を見ない限りは、ほかに見破る手掛りはないはずだ。

「小野の小町の弟の朝臣だなア。ハッハッハア」

と、又してもチクリとやられたが、何を小癪なと、もうベク助は相手にならないことにしていた。

するとと、五忘は高笑い。

「なア、ベク助朝臣。ガマと自雷也《じらいや》をしょってちゃア、重たかろう」

まさにベク助の心臓を突き刺す一言。人殺し、牢破りの兇状もち大工の新八の取り換えのきかないのが脊中《せなか》の皮だ。ガマと自雷也、天下一品とうたわれたホリモノ。今では天下一品がうらめしいのである。これあるためにベク助になりきれないのがうらめしい。

大胆不敵のベク助も色を失ってキッと立つ。自然にノミをつかんで構えたが、五忘はそれを見てカラカラと笑い、

「坊主首をたッた一つ斬り落して元も子もなくしちゃア合うめえやな。ときにベク助朝臣と見こんで頼みの筋があるが……」

相手の腹を読みきっておちつき払った五忘の様に、ベク助も殺気を失ってしまった。

★

氷川の海舟邸から遠からぬ田村町に、島田幾之進という武芸者が住んでいた。彼がここに道場をひらいたのは五六年前のことであるが、その前身に白頭山の馬賊の頭目だという人もあれば、シナ海を荒した海賊だという人もある。

彼の住居と道場の建設には平戸久作という人が当り、それが完成すると、島田一族三名が手ブラで越してきた。ただ一ツたずさえてきた皮の行嚢《こうのう》の中に黄金の延棒が百三十本ほどつまっていたという話が伝わっている。その何本かを無造作につかみだして平戸久作に手渡したという。

平戸久作はシナで棉花の買いつけをやって産をなした相当の実業家であるが、それが膝をまげて仕えるからには余程の大物、曲者だろうという臆測なのだ。

島田幾之進は五十がらみの六尺豊かの偉丈夫。家族は子供二人だけ。上の男が三次郎で、年はハッキリ分らない。なぜなら、これが俗に云う福助、頭デッカチの一寸法師で、三尺あるなしの畸型児だから、見ただけでは年齢が判らない。二十から二十五ぐらいで、どの年齢にも見える時がある。

ところが妹をサチコといって、これは目のさめるような美少女だった。年は十八。気品あくまで高く、白百合よりも、清く、さわやかである。

しかるに彼の道場に入門を許された者が、五ヶ年間にようやく十五名である。すくなくとも数百名が入門を志したり、ヒヤカシに出むいたりしたが、その全員が当時十三のサチコの杖《じょう》に突き伏せられ、噂をきいて他の道場の師範代程度の使い手が一手試合に出かけたこともあったが、サチコのくりだす杖の魔力に打ち勝つことができなかった。

道場の看板に武芸十八般とある通り、入門を許された十五名は朝から夜まで諸流の稽古に休む間もないほどである。

彼らは稽古について多く語ることを避けるから道場内の生活はよく分らないが、師を尊敬することの甚しさは門弟一同に共通したものであった。

そこで世間は取沙汰して、由比正雪の現代版現る、なぞと説をなすものが次第に多くなった。

由比正雪は天下を狙ったが、島田幾之進は何事を策し、何事を狙うか。馬賊、海賊の手下を養成するか、さてこそ口サガない人々は島田の門弟を指して、

「馬賊の三下が通るぜ」

なぞと云う者もあるほどだった。時の怪物と目されて、世人のウケは一般によろしくなかった。

けれども十五名の門弟の数名に近づきを持った人なら、決して島田を悪しざまに言う筈はなかったのである。門弟に共通していることは、彼らが一様にいわゆる豪傑風の武骨者ではないことだ。むしろ豪傑の蛮風から見れば文弱と称してよろしいほど、礼節正しく、常識そなわり、円満温厚な青少年のみ集めていた。したがって彼らの体格は一見弱々しい者が主であった。そして何年たっても武芸者然とはならなかったが、特別な心得の人が見れば、彼らがすでに相当の手練《しゅれん》を会得しつつあることが了解し得たであろう。けれどもその特別の心得なるものが、当時の武芸者には欠けていた。彼らが主として学んでいたのは杖術ならびに拳法、むしろシナ流のカラテであった。その他、馬術、水泳から短銃、航海術等に至るまで学びつつあったのである。島田は短銃の名手でもあった。

カラテほど実用的な闘争術は少なかろう。突きも蹴りも必殺の急所のみ狙うから試合ができない。型だけだから実用的でないように見えるが、実はアベコベで、型が実用に役立つまで、敵襲に応じて万全の受けや攻撃を一手ごとに分離会得するまでには驚くべき練習量を要求する。この練習量はとうてい他の武術の比ではなく、したがって、この練習量に堪えるには平静温厚にして志の逞しい人格を要するものである。

カラテは徒手空拳、剣に対抗しうるが、これだけはとてもかなわん、というのが一ッある。それが杖術だ。今日も福岡に夢想権之助の神伝夢想流がつたわっており、私は先日、警視庁の杖術師範鈴木先生に型を見せていただいて、あまりにも有利きわまる術の妙に呆れ果てたのである。

棒の両端が交互に襲いかかるが、一端を見つめているとき、思いもよらぬ方角から他の攻撃が起り、ただ目がくらみ、為すところを失うのみであった。

杖術の存在を知り、その攻撃法を知り、それに対して特に訓練した者でなければ、いかな剣の巧者でも十三のサチコにしてやられるのが当然なのである。

カラテの広西五段は日本カラテ界の最高峰の一人だが（名人の次には五段が最高位である）杖術にはとても敵対できません、と語っているのである。

ふりかぶって振りおろす剣には広さが必要だが、四尺二寸の杖は、四尺二寸の手の幅が上下にありさえすれば自由自在にあやつり得るもので、これもまた意外の一ッ。三畳の広さがあれば縦横に使える。婦人の護身用としてこれほど有利なものはなさそうである。

かかる巧妙な術が流行しなかったのはフシギだが、カラテも杖もあまりにも実用的で、必殺の術であるのが、悟道化した武道界に容れられなかったのかも知れない。

島田が主として伝えたものはこれであり、そのために特定の人格を選んだのである。

「島田の道場に普請があってツンボの大工を探しているが、貴公ひとつツンボの大工に化けてもらいたい」

五忘がベク助に話というのは、それであった。五忘は言葉をつづけて、

「実は、オレの妹のお紺というのが島田道場で女中にやとわれているが、このお紺は生れながらのツンボで、オシで正真正銘マチガイなしの出来損いだ。そのほかに金三とかいうツンボでオシの下男がいて、島田じゃア、ツンボでなきゃア下女下男に入れない家法だ。もっともお吉という女アンマが出入りしているが、これはメクラだとよ。今度の普請もツンボの大工に限るそうだが、幸いなことに、貴公が無口で横柄だから、近所の者もあいつツンボじゃないかなどと言う者がいるのは都合がよい」

ベク助が無口なのは熊に片アゴかみとられてから舌がもつれてフイゴの吹いているような風の音がまじるのも喋りたくない理由であった。

「そこで貴公に頼みというのは、縁の下から抜け道をつけてもらいたい。ここに手附けが三百両。見事仕上がったら、耳をそろえて七百両進上しようじゃないか」

ベク助は特に逃げ隠れているわけではないが、隣り近所のツキアイというものを全くやっていない。

そこで島田道場という奇怪な存在についても知識は乏しかったが、五忘の話の内容だけでも一方ならぬ曲者であることは明らかであろう。ツンボとメクラのほかには出入りを許さぬというから、人に知られては困る秘密があるに相違なかろう。

五忘のタクラミは分らないが、ニセツンボで普請を仕上げるまでには五忘の奴にも分らない秘密が握れるかも知れない。こいつは一仕事、しがいがあると考えた。

★

普請は福助の三次郎と平戸久作の娘葉子の新婚のための新居であった。

ベク助は島田の逞しさにも驚いたし、サチコの美しさにも目をうばわれたが、福助の三次郎にも一驚した。

小人の身体に大頭をのッけたこの畸形児の目玉の鋭さはどうだろう。これは悪魔の目色だ。なんて深い光であろうか。どこにも油断がなく、どこにも軽やかな色がない。冷く凍りついた目であった。

島田幾之進もその眼光はただならぬが、そこには達人の温容がこもっていた。三次郎には、あたたかさ、甘さの影すらもない。日に一度顔を合わせることも稀れであったが、ベク助はその目を見ると石になるような悪感が走った。

「こいつ悪魔だ。化け者だぞ」

ベク助は自分の心に言いきかせる必要があった。

「こんな約束の違う野郎は珍しいや」

そうせせら笑ってみても、背筋を走る悪感はどうにもならないし、その正体はつかみようがなかった。

しかし、なにしろニセツンボになりきるのが何よりの大事で、まア、その心得にはヌカリがない自信はあった。

ところが自分がニセモノであるために、彼は妙なことに気がついた。

ある日仕事のキリがわるくて後片づけをしているうちに真ッ暗闇の夜になった。そこへお吉アンマが普請場を通りすぎたが、昼間通る時に比べて実に歩行が不自由だ。しきりに物に突当るし、その手さぐりのタドタドしさ、何倍の長時間を要して普請場をようやく通りぬけて行く。

メクラに夜も昼もあるものか。このメクラはニセモノだぞ、たしかにクサイ、と自分がニセモノであるために、ベク助は即座にこう断定した。

なるほど、お吉の片目は白目だけだし、片目は細くて、赤くただれ、黒目がちょッとのぞけて見えるだけだが、ただれのためにメクラとしか見えないけれども、いくらか見えるに相違ない。ちょうど帰りが一しょになったから、話しかけて、秘密を知りたいとは思うが、ツンボでオシが喋るわけにいかないから、暗闇を幸い、見えがくれに後をつけると、芝山内の近くまで長歩きして、大きな邸宅の裏木戸をくぐって行く。

幸いあたりは人通りがないから、ベク助はそッと塀をのりこえて邸内へ忍びこんだ。

使用人の住宅もあるから、燈火のもれているのを一ツ一ツのぞいて行くと、本邸の洋館広間に主人と三太夫らしい人物とお吉の三人が話をしている。わりに窓に近くて、お吉の声がカン高いから、お吉の声だけわりとハッキリききとれる。

「金三さんの話では、今度の大工はニセツンボだてえことでした。金三さんはニセツンボに年期を入れていますから、一日二日でニセと分ったそうですよ。どうしても音のする方に顔がうごきますからねえ。ですが、なりたてのニセモノにしては出来た野郎だてえ話でした」

お吉の声である。ベク助はおどろいた。オヤオヤ、下男の金三もニセツンボで、コチトラだけが見破られるとは呆れた曲者。上には上があるものだ。

男の声はききとれなかったが、どういう筋から雇い入れたか訊いたらしい。お吉の返事で、

「七宝寺のナマグサ坊主ですよ。住職が三休てえ蛸入道で、その子の五忘てえガマガエルの妹がお紺てえホンモノのツンボで島田の女中にやとわれている事。蛸入道もガマガエルも芝で名題の悪党ですから、何かたくらんでいるのに相違ないと金三の話でした」

それから話は金三に尚とくと大工を見はれと言ってるらしく、まもなくお吉は立ち去った。

すると、それと入れちがいに奥から二人の若者が現れた。その二人に見覚えがあるので、ベク助は、

「ヤ、ヤッ」

と心に叫びを発した。二人は島田道場の門弟だ。一人は平戸久作の倅、葉子の兄の一

成であるし、一人は大坪鉄馬という門弟中でも一二の俊英、師の信任をうけている高弟であった。

お吉の代りに若者が相手になると主人の声もはずんできて、ツツヌケにきこえる。

「平戸久作も小金に目がくらんだか。葉子を化け者のヨメにやるとは呆れた奴だ。のう、鉄馬。大坪彦次郎と平戸久作は生死をちかった無二の友。鉄馬と葉子は両家を一ツに結び合わせるカスガイだ。その堅い婚約には七年前にこのオレが立会っている」

主人の語気には若者を煽りたてる作意がこもっていた。

ところが鉄馬の返答は、意外に冷静沈着であった。

「平戸一成と大坪鉄馬は二人の父に代って、父と同じように生死をちかった無二の友です。葉子どのとの婚礼の必要はありませぬ」

「ほう。言うたな。しかし、なア。大坪彦次郎死後に至って挨拶もなく婚約を取消して化け者にくれてやる平戸久作の心が解せぬわ。イヤ。久作の心は解せる。化け者の人身御供に美少女を所望した島田が憎い。のう。久作に罪はないぞ」

「イエ。師も、先生も葉子を所望致されはせぬ」

葉子の兄、平戸一成の声であった。主人は相手の語気をそらして、うすとぼけて、

「ほう。師も、先生も、とは何事じゃ。師と先生と二人いるかな」

「師は島田幾之進先生。先生とおよび致すは島田三次郎どのです」

「あの化け者が何芸を教えおる」

「諸芸に神技を会得しておられます。弓をとれば飛ぶ矢を射落し、杖を握れば一時に百杖の閃く如く先生の姿を認めるヒマもありませぬ。短銃を握れば六発が一ツの孔を射ぬきます」

こればかりは主人も初耳であったらしい。しばらくは言葉に窮していた。

「島田も化け物も所望しないと云うのだな」

主人の声は噛んで吐きすてるようだった。一成はうなずいて、

「左様です。父の意志ではありませぬ。葉子が自ら所望しました。先生の不具の身にいささか憐れみの志をたてたのは滑稽ですが、その志に濁りや曇りはありませぬ。葉子の覚悟は一途です。至純です」

「ようし。さがれ。それがその方らの本心か。大狸に化かされるな。今に目のさめる時がくるぞ」

二人の若者はそれには答えなかった。ただ鄭重《ていちょう》に会釈して、静かに退去した。ロー

ソクのゆれる火影に、主人の顔が一ッ残った。まるで気の狂った猫のように、その目に憎悪の閃光が宿っている。ベク助はここでも背筋に悪感の走るのを覚えた。

「どういう関係の奴らだろう。まるでオレには解せないが」

と、ベク助は邸を脱出して帰途についた。主人の標札だけは見てきたが、山本定信とあった。

ベク助は七宝寺へ戻ってきて、五忘に訊ねた。

「山本定信てえのは何者だね」

五忘の目がギラリと光った。

「貴公、本日、何を見たのだ」

「何も見ねえよ。そんな人の名をきいただけさ」

「名がでる筈はない。なア。貴公。その名は出ないよ」

「そうかねえ」

「そうだよ。だが、まア、いいや。貴公の仕事はそんなことじゃアなかったなア。山本定信てえのは、清の皇帝様の重臣だよ」

「日本人じゃアねえのかね」

「オレがお釈迦サマの友達、重臣だてえのを貴公も心得ているだろう。天下は甚だ広いものだ、なア」

「そうかい」

「下僕の金三に、アンマのお吉、ツンボとメクラがいただろう。貴公、それをどう見たかえ」

畜生メ。心得ていやがる。何から何まで油断のできないガマガエルだ。ベク助は癪にさわって、返答せずに座を立った。

蛸入とガマはみんな心得ているらしい。オレときては敵地へまんまと乗りこみながら、敵に見破られるばかりで、一向に確かなことが分らない。実にどうも面白くない有様である。

しかし、ここまで踏みこんだからにゃア、今にみんな正体を見ぬいてみせる。蛸入もガマもおどろくな。

とにかく話がみんなシナにつながっていやがるらしいから、そッちの方からタグリだしたらどうにかなろうというものだ。

ベク助はこう考えて計画をねった。

★

ベク助は翌日の仕事を早目に切りあげて、横浜本牧のチャブ屋へでかけた。そこのオヤジはシナ浪人のバクチ好きで、先に七宝寺の本堂へ時々バクチにきたことがある。横浜に通じているベク助、然るべき筋で手ミヤゲの阿片を買いもとめたが、これは訪ねるチャブ屋の亭主が阿片中毒だからである。

何よりの手ミヤゲ。その利き目は恐しい。亭主は秘密の別室へベク助をつれこんで、自分は阿片を一服しながら、

「そうかい。山本定信のことかい。あいつがつまり、これじゃアないか。この、阿片だよ。奴の北京居館は五十何室阿片でギッシリつまっていると云われているな。高位高官へタダの阿片を無限につぎこむ代りには、シナのことじゃアシナの公使よりも日本にニラミがきくそうだ。シナの利権は奴の顔を通さないと、どうにもならないということだぜ」

「するてえと、山本てえ人は日本の役に立ってるのか、シナの役に立ってるのか、どっちの役に立つ人なんでしょうねえ」

「それはお前、どっちの役にも立たねえや。自分の役に立つだけだアな。しかし、まア、どっちかと云えば、シナの威光をかりて日本を食い者にしている奴だ」

「ふてえ奴ですねえ。ところで、つかないことを訊きますが、島田幾之進てえ武芸者は、シナにツナガリのある仁ですかい」

「ちかごろ名題の曲者だなア。オレがシナにいたころは、そんな名を一度もきいたことがないな。だがな。アチラの馬賊の頭目や海賊の頭目に日本人が一人二人いるらしいが、誰も日本名を名乗っちゃいねえよ。みんなアチラの名がついてらア」

「平戸久作てえのは？」

「それは棉花を買いつけて、ちょッとばかしもうけた商人だ。大坪彦次郎てえのが相棒で、モウケたと云ってもそれほどの成金ではないが、こういうカセギをするにも、それ、山本定信の手を通し、進物を呈上しなくちゃア事が成らないてえワケだ。山本定信に見放されると、あとのカセギはできないぜ」

「なるほどねえ」

これで大体の当りはついた。ただ問題は島田幾之進であるが、平戸久作が山本定信にそむいて葉子を三次郎にめあわすとすれば、島田は山本と対立しうる実力者であるに相違ない。

するてえと、蛸入道とガマ坊主は何を目当てにたくらんでいるのであろうか。

島田一族という奴は、とにかく薄気味わるい怪物ぞろいだ。おまけにニセツンボは山本定信の廻し者に見破られている。あるいは島田一族にもとっくに見破られているかも知れない。

しかし、ベク助とても悪党の筋が一本通っている点では人後に落ちない曲者だから、みんな見破られているようだと分っていても、よろしい、一そうやってやれという不逞な根性が鎌首をもたげるのである。

五忘の奴にたのまれた約束なんぞというチャチな問題ではなかった。敵を大曲者と知り、見破られたと知る故に、敢て五忘の註文通り縁の下から通じる道を立派にしとげて怪物どもの鼻をあかしてやろうと決意をかたくした。

そこでベク助は普請に精魂を傾けた。一手に大工も左官も屋根屋もやる。九月上旬から かかって十二月の半ばに八畳と四畳半と三畳に台所をつけた小さな別宅が完成した。一人で仕上げたにしてはたしかに見事な出来。ところが台所の板をあげると下が物置になっている。物置の四方が塗りこめられていて縁の下との仕切りは完全のようであるが、実は幅三尺、高さ二尺の石のカベが動くように出来ている。この苦心はナミ大ていなことではなく、しかし堂々とやってのけた。

島田幾之進はベク助の熱心な仕事ぶりと見事な出来を賞して、多額の金品を与えた。

ベク助はその日七宝寺へ立ち帰ると、五忘に向って、

「約束通り、細工はちゃんとしておきましたぜ。細工はこれこれ、しかじか。まア、ためしに行ってきてごらん。約束の金はそれからで結構でさア」

と、しごくおおらかで、コセコセしたところがないのは、蛸入やガマの如き小怪物は物の数ではない。大怪物を見事にだましおわせた満足だけで大きに好機嫌であったからだ。

ところが五忘とても、そうチャチな小者ではないから、ベク助の言葉にイツワリなしと見て、耳をそろえて七百両をとりそろえ、

「大そうムリな頼みをしてくれて有りがたい。ガマと自雷也のホリモノはフッツリ忘れたから、どこへなりと行くがよい。長らく性に合わない仏造りは、すまなかったな」

こう云って、アッサリとヒマをだした。

ベク助は足かけ四年、一文もムダに使わず貯えた金だけを肌身につけて、

「長らくお世話になりました。また箕作りのベク助で」

と、道具一式を包みにしてブラリと七宝寺を立ち去ってしまった。

しかし、このまま行きずりながらもフシギな事態を見すてるようなベク助ではなかった。最後の秘密は必ず見届けてみせるぞ、と心に誓い、流浪の箕作りを装って、島田道場を遠まきにセブリをつづけていたのである。

必ず何かが起る。容易ならぬことが起るであろう。何が起るか知れないが、オレが本腰を入れるのはそれからだ、とベク助は考えていた。

★

それは婚礼の夜のことだ。婚礼と云っても、極めて内輪の集りで、島田幾之進、平戸久作、いずれも妻女をなくして一人身、二人の父と門弟、サチコが集ったのみ、つまり毎日の顔ぶれにヨメとその父が加ったというだけのことだ。

道場で祝言をあげ、座敷で酒宴をひらく。平素酒をつつしむ島田道場で一同が盃をくみかわすのは正月の元日でも見ることのできない風景である。

平素きたえにきたえた一同も、酒の方ではきたえがないから、早くも酔って、座は甚しく賑やかに浮き立っている。酔わないのは、サチコとオヨメさんだけ。幾之進も三次郎もやや御酩酊である。

オヒラキのあとではお紺に金三の両ツンボが酔いつぶれ、お吉アンマもヘドを吐いて暫時ねこむていたらくであった。

ところで、翌朝のことである。

酔ったおかげで早々と目のさめたお紺が、別宅の新郎、新婦のお目ざめの様子を見て、まだモーローといたんで霞む頭をもてあましながら、別宅の台所へやってきた。新宅の台所で新鮮なお茶を立ててあげようというダンドリである。この台所を使うのははじめてだが、板をあげると下に薪があるはず。そう考えて、板をあげた。

お紺は仰天して腰をぬかし、やがて十羽のアヒルがほえたてるようなオシの大騒音が起った。

人々が台所へかけつけてみると、お紺は喚きつつ腰をぬかしている。板を二枚あげかけて一枚は下へ落したが、中に見えるのは朱にそまった死体であった。

床の板をあげてみると、死んでいるのは二人である。鋭利な刃物で三四ヶ所刺しぬかれて血の海の中にことぎれている。

しらべてみると、お紺の父の三休と兄の五忘ではないか。まさに密室殺人とはこのことで、下の物置は四囲をぬりかためて、出ることも、はいることもできない。しかも物置の内部だけが血の海で、台所に一滴の血がないのを見ると、この中で殺されたとしか思われない。

さすがの島田幾之進も茫然として考えることもまとまらない。ようやく放心を押し鎮めて、三次郎に向い、

「どうも、解しがたいことが起ったものだ。二人の坊主が、どこをどうして、この中で殺されているのか判じ難いが、婚礼のドサクサを見こんで泥棒に来たもののようだ。それ、二人ながら、麻の丈夫な袋を腰にブラ下げている。だが、この殺しッぷりは、まア、お前ではなさそうだが、わざとヘタに刺す手もある。とにかく殺したものがウチの誰からしいのは確かなようだ。信じ難いが、信ぜざるを得まいて」

三次郎も大きな福助頭をうなずかせて、

「どうも仕方がありません。みんな酔い痴れていたようだから、誰かが夢中でやったのでしょうか。実に困ったことだ」

警察へ届けでる。さア、怪物の邸内で奇怪な殺人が行われたから、噂は忽ち街を走

る。御近所の海舟の耳には一時間もたたないうちに耳にとどいた。

「新十郎に知らせるがいいぜ」

と、海舟はちょッと考えて、侍女に云った。

「取り調べのあとで、御足労だが立寄って下されたいと鄭重に頼みなよ」

そこで新十即は花廼屋《はなのや》に虎之介の三騎づれ、馬を急がせて駈けつける。

新十郎は現場を見て、おどろいた。

「ありうべからざることだ」

さすがの新十郎も現場を睨んで、しばし茫然。ようやく発したのがその一語であった。

二人の死体をていねいに調べた。

「この麻の袋は何を盗むツモリだろう？　室内には二人の足跡もない。しかし、とにかく、誰かが殺したことは確実だ」

多数の警官が島田邸内をノミも逃げ場がないほど探す。門弟たちの私宅にも警官が走って、一同の昨夜の服装をとりしらべる。みんな礼服を着用していたのだが、どこにも血のあとが見られない。

邸内くまなく探したが、特に盗みの対象となるような貴重な金品は見出すことができなかった。

「お紺が住み込みの下女で、父と兄が麻の袋をぶら下げていることには関聯があるのだろう。お紺は何を見たか」

新十郎はお紺と全身的な対話を試みたが、彼女は父や兄に盗みを誘ったこともないし、貴重な品は見たことがないと答えるのみであった。

「麻の袋で運びだす貴重品」

邸内くまなく探して見当らなければ仕方がない。盗まれる対象は実存しなかったと云うべきであろう。

日の暮れるまで調査して得るところなく、新十郎の一行三名、海舟の前へ報告にきた。新十郎は苦笑して、

「ありうべからざることが、有り得ている。そして、なぜだか、皆目分らないのですよ」

海舟は落つきはらって、

「有りうべからざることとは何事だえ」

「板の裏側に血しぶきが附着しております。台所の床下の物置の中で、板の下にとじこめられて殺されたバカがいるのですよ」

「縁の下に入り口がないのかえ」

「ございません。四囲は石材をぬりかためたものです」

「新門の辰五郎の話では、ぬりこめた石材をうごかす術もあるそうだぜ。土蔵造りの左官屋が、縁の下にうごく壁をつくっておいて仕事をしていた例もあるそうな」

新十郎は上気して、目をかがやかせた。

「有りうべからざることは、起り得ない道理です。どうして、そこに気がつかなかったろう。先生のお言葉の通りです。私はそれを見た。しかし、気がつかなかった。なぜ、そこに死んでいるか、そのワケにこだわりすぎたためでした。私はたしかに見ました。血の殆どかかっていない壁が二ヶ所にあった。一方は犯人の身体にさえぎられたと考え、一方はその方角に血が飛ばなかったと考えたのです。なぜなら二ツの壁は向い合っていた。ですから、犯人が血をさえぎった反対側は、被害者の背中の側だと考えたのです。ところが被害者の一人はクビの動脈もきられているし、一人は横にくの字に折れています。背後にも血がとぶべきであった。すると、そのとき、その壁は開いていたのだ。まさしく、それに相違ない。有りうるが故に、起るのだ。加害者は壁があいて、被害者のもぐりこむのを、待ち伏せていたのです」

　翌朝、新門の辰五郎の乾分《こぶん》に応援をたのんで縁の下へもぐってもらうと、彼は難なく、その石の壁をあけてしまった。

　その新居を造ったのが七宝寺のお抱え職人ベク助であったことも判明した。

　そこまでは分ったけれども、それから先は完全に糸が切れているようなものだ。

　酔い痴れた一座の人々の動静は誰にも明確な記憶がない。しかし恐らく犯人は外来者、平戸久作と門弟たちでは有り得ないであろう。なぜなら、彼らが血まみれの衣裳を始末することは不可能だからだ。だが、一応自宅へ戻って始末をつけ着代えてきても、怪しみをうけない道理もあった。諸人が酔い痴れていたからである。

　新十郎はふッつり人と往来をたち、日ごとに人知れず他出した。そのようなときに、彼は何事も語らないから、他出の目的は分らないが、彼が憑かれたように熱中していることだけは確かであった。

「紳士探偵もボケたなア。犯人は島田三次郎。三尺足らずの小人で武芸達者なら、これにきまったものだ。オレが真犯人をあげても良いが、せっかく売りだした紳士探偵の顔をつぶすのも気の毒だなア。ハッハッハア」

と虎之介は大きな両腕でヘコ帯の前を抑え、肩をゆすって呵々大笑した。

花廼屋はブッとふきだして、

「相変らずの石頭だなア。尊公は。三次郎が盗ッ人を殺すワケがあるかえ。当身《あてみ》で倒す腕もある。まして祝言の当夜だぜ。石頭には人の心が解けないなア。人の心には曰くインネン故事来歴があって、右が左にはならないものだぜ。ちとオレの小説を学ぶがいいや」

「ハッハッハ。貴公の犯人は誰だえ」

「まだハッキリとは云えないが、とにかく、これは女だなア。お家の大事と思い乱れて逆上する。女の心てえものが、この謎をといてくれるな」

虎之介はゲゲッとふきだすと腹を抑えて、しばらくバカ笑いがとまらなかった。

★

島田幾之進とは何者か。平戸久作との関係は？　新十郎は石橋をたたくように一ツ一ツ調べつづけた。

しかし、結局、島田幾之進が何者であるか、ついに新十郎も突きとめることができないのだ。

巷説によれば、馬賊の頭目であり、海賊の親分であるとも云う。そして、この道場へ住みつく時には革の行嚢に金の延棒を百三十本ほどつめこんでぶらさげて来たという。もとより真疑のほどは明らかでないが、その金の延棒がなかったことは家探しの結果明らかであるが、巷説を信じて坊主父子が麻の袋をぶらさげて盗みに入ったと見ることはできる。

しかし、ベク助に抜け道の細工をやらせるほどの計画を立てるからには、もっと確かな見込みがあってのことではなかろうか。すると、家探しの結果、見落している場所が有りうるであろうか。

新十郎は平戸久作と大坪彦次郎の関係、葉子と鉄馬の破談のテンマツや、新しい結婚のテンマツなどは、辛うじてこれを明らかに知ることができた。

彼が最後に会ったのは、お吉であった。

「お前が婚礼の晩、耳にきいたことを話してごらん。何か特別なことがなかったかね」

「そうですねえ。私はお祝いにあがりましたが、お手伝いもできないから、ボンヤリ坐って、オヒラキになるのを待っていただけですよ。オヒラキのあとで残り物の酒肴をいただいて酩酊しましてからはよく覚えがありませんが、金三さんもお紺さんもオシのことで、酔っぱらうと、ワアワア唸るのがうるさくてねえ」

「オヒラキになったのは何時ごろだね」

「八時ごろだとか皆さんが言っていました。私が酔っぱらって、うたたねして、起きてウチへ帰ったのが十二時ごろですが、そのときは金三さんもお紺さんも銘々の部屋で大イビキでねむっていました。オシのくせに、二人はひどい大イビキでねえ」

「その晩お風呂はあったろうね」

「それは祝言ですから、お風呂をたかないはずはありませんねえ。けど、私はお風呂はいただきません」

「酒宴の最中に風呂にはいった物音をきかなかったかね」

「お風呂は道場の方についていて、台所から離れているから、物音なんぞきこえません」

「お料理を作っていたのはお紺かい」

「いえ。料理屋の仕出しですが、お手製のものはサチコさまが主に指図してお作りになっていたようですよ」

「お前は山本定信さんのお邸にも出入りするそうだね」

「ええ。時々もみ療治にあがります」

「お前は大工のベク助を知っているかえ」

「ええ。そういう人が居たてえことは聞いてましたが、ツンボでオシだから、メクラの私には知りようがありませんでしたねえ。たしか金三さんの話ではベク助のツンボとオシはニセモノだてえことでしたよ」

「それは確かにニセモノだそうだよ。ところでお紺が父と兄を手びきしたような気配はなかったかい」

「そんな気配はメクラの私には分りませんねえ」

　新十郎の訊問はそれで終りであった。

　新十郎はなお数日出歩いた。そして彼が犯人を指名する日がきたのである。

★

　婚礼の夜の出席者が全部道場に集っていた。新十郎は花廼屋と虎之介のほかに、三名の警官を伴ったにすぎなかった。

新十郎が一同に着席を命じ、一座のざわめきが静まったとき、島田幾之進の隠し持った短銃が突然金三の耳もとで発射された。金三はとび上った。

新十郎はニッコリ笑っただけだった。そして静かに警官に云った。

「ツンボのフリをしていた男が犯人ですよ。ホラ。私の言うことがよく聞えると見えて、逃げだしましたよ」

逃げたって錬達の門弟にとりまかれていては五歩と動けるものではない。金三は捕えられて、警官にひかれて去った。

新十郎はうちとけて、島田道場の一門に対した。

「お吉のおかげですよ。金三がベク助のツンボとオシを見破ったと語ったそうです。オシのツンボがメクラに語るのも奇怪ですが、ベク助のツンボとオシをニセモノと見破った金三とは何者か。お吉が山本定信邸へ出入りする如くに、金三が山本邸へ出入りすることを確かめれば足りたのです。その確証を握れば、あとは皆さんが私以上にワケを推察なさるでしょう。金三はベク助が三休、五忘の命令で縁の下に抜け道の細工を施したのを見ぬいていました。金三は忍びこむ五忘らを地下の密室で殺す必要があった。それが彼の意志かどうかは御推察にまかせますが、それは当家に犯人の汚名をきせるためと、たぶん、金の延棒の発見、没収を策すためでしたろう。金の延棒があると、島田一門はいつかシナの山中へ消え隠れてしまうから」

新十郎はニッコリ笑った。

「さて、わからないのは金の延棒の隠し場所ですよ。私は今もって知り得ませんが、どうやら三休と五忘はその場所を心得ていたようです。あの家探しの結果、分らなかった場所。そして、三休と五忘の用意からみると地下でもない場所」

そのとき島田幾之進が、セキ払いをした。それは笑いをかみ殺しているようにも見えた。彼は笑みをたたえて、叫んだ。

「まぼろしの塔!」

「まぼろしの塔?」

「左様です。まぼろしは、目に見えます。あまり良く目につきすぎるものは、誰の目にも止りません。これが、まぼろしの塔です。皆さんが一番よく見ていたもの。あんまりハッキリ見えすぎるので、気がつかなかったもの。それ、道場の土間の敷石をごらんなさい。それがみんな金の延棒なのです。この道場は私のまぼろしの塔なのです。私、またの名は白……」

新十郎は笑みに応じてさえぎった。

「私の耳はツンボですよ。仰有る言葉はきこえません。では、大陸へお渡り下さい。蔭ながら御奮闘を祈る者が二人ありと御記憶下さい。一人はささやかな結城新十郎。他の一名は天下の勝海舟先生」

「次に田舎通人神仏混合花廼屋先生！」

「次に天下の泉山虎之介！」

島田一門が拍手の代りにゲタゲタ笑いくずれたのは虎之介に気の毒であったが、実質的にそれが当然の報いであろう。花廼屋も虎之介も、島田の正体がワケも分らず、あわてて力んでみせたのである。

島田一門がいつのまにか東京から全員姿を消したのは、それからまもないことだった。

それをきいて、海舟は呟いた。

「まぼろしの塔か。きいた風なことを云う馬賊だが、見どころのある奴だ。日本人も捨てたものではないらしいやな」

家族は六人・目一ツ半

「ねえ、旦那。足利にゃア、ロクなアンマがいないでしょう。私ゃ足利のアンマになってもいいんですがね。連れてッてくれねえかなア。足利の師匠のウチへ住み込みでも結構でさア。どうも、東京を食いつめちゃったよ」

足利の織物商人仁助の肩をもみながら、アンマの弁内が卑しそうな声で云う。

めッぽう力の強いアンマで、並のアンマを受けつけない仁助の肩の凝りがこのメクラの馬力にかかると気持よくほぐれる。馬のような鼻息をたてて一時間あまりも力をぬかない仕事熱心なところは結構であるが、カタワのヒガミや一徹で何を仕でかすか知れないような不気味なところが気にかかる。

「何をやらかして東京を食いつめたのだ」

「ちょいと借金ができちゃッてね。小金もちの後家さんにめぐりあいてえよ。ハッハ」

「フン。そッちを探した方が確かだ。田舎じゃア、アンマにかかろうてえお客の数は知れたものよ」

「ウチの師匠は小金もちの後家さんと一しょになってアンマの株を買ってもらッたんだそうですがね。だが、田舎と云っても足利なら、結構アンマで身が立つはずだ。私の兄弟子がお客のヒキで高崎へ店をもちましたが、羽ぶりがいいッて話さ。その高崎のお客てえのが、やッぱりここが定宿の人さ」

アンマの問わず語り。

昔は「アンマのつかみ取り」という言葉があった。今の人にはこの言葉の特殊の意味がわからない。アンマが人の肩をつかんでお金をとるのは当り前の話じゃないか。洒落にも、語呂合せにもなりやしない。バカバカしい、と思うだけのことであろう。

それと云うのが「つかんで取る」の取るというのがピンとこないせいである。アンマ上下《かみしも》三百文（三銭）。当今は若干割高になって百五十円か二百円。決して特に取りやがるナという金ではない。大きな門構えの邸宅に「アンマもみ療治」の看板が出ているタメシはない。もんで取る金が微々たるシガない商売だから、「つかみ取り」の取るという言葉の力が全然ピンとこないのである。

ところが、江戸時代はそうではない。料金は当今と比例の同じような微々たるものでも、縄張りがあった。八丁四方にアンマ一軒。これがアンマの縄張りだ。八丁四方に一軒以外は新規開業が許されないという不文律があったのである。

だから、アンマの師匠の羽ぶりは大したものだ。多くの弟子を抱えて、つかみ取らせる。師匠は立派な妾宅なぞを構えて、町内では屈指のお金持である。直々師匠につかみ取ってもらうには、よほど辞を低うし、礼を厚くしなければならなかったものである。

今ではアンマの型もくずれたが、昔のアンマは主としてメクラで、杉山流と云った。目明きアンマもいたが、これを吉田流と云い、埼玉の者に限って弟子入りを許されていた。メクラのアンマの方は生国に限定はない。

明治になるとアンマの縄張りなぞという不文律は顧られなくなって、誰がどこへ開業しても文句がでなくなったから、つかみ取るのも容易な業ではなくなったが、それでも多くの弟子をかかえてつかみ取らせることができれば、アンマの師匠御一人は悪い商売ではなかったのである。

弁内が住みこんでいる師匠のウチは、人形町のサガミ屋というアンマ屋サン。

弁内の問わず語りの通り、師匠の銀一は小金持の後家のオカネと良い仲になり、株を買ってもらって開業したのだそうだ。その頃はまだアンマの株なぞがあったのだろう。

開業当時は多くの弟子を抱えて盛大につかみ取らせていたが、次第に時勢に押されて、商売仇きが多くなり、今では弟子がたった三人。弁内の兄弟子の角平と、見習の稲吉の三人メクラだけである。

銀一は小金持のオカネと結婚してアンマの株を買ってもらったが、メクラ以外の者には羨しがられもしなかった。オカネの顔は四谷お岩と思えばマチガイない。メクラ以外の男はものの三十秒以上は結婚していられないという面相だった。

オカネの片目はつぶれていたが、完全なメクラではなかった。片目はボンヤリ見えるのである。

二人の間に子供がなかったから、銀一の姪のお志乃を養女にした。十一に養女となって今では十九である。

銀一は一文二文のことにまでお金にこまかい男だが、オカネはもッとこまかい。一文の百分の一ぐらいまで読みの深い計算をはたらかせている。

お志乃は銀一の姪だが、養女に選んだ張本人はオカネであった。

お志乃も片目しか見えなかった。もっとも、残りの一ツはオカネとちがってハッキリ見える目であった。

オカネがお志乃を選んだのは、第一に片目しかないというのが気に入ったのである。片メクラと云う言葉もあるように、どうやら片目でもメクラのうち。アンマに仕立てることができる。アンマの稼ぎができないような養女はこまるが、全然メクラでもこまる。なぜなら、せっかく養女にもらうのだから、女中の代役がつとまらなければ意味をなさん。それには片目が見えなくては困るという次第で、見えない目ではアンマをやり、見える目では女中をやる。これがアンマの養女というものだ。

お志乃は美人ではないが、まア、醜いという顔でもなかった。これもオカネの気に入った。女アンマの稼ぎは裏表と云って、裏の稼ぎもあるし、それはアンマの養女にとっても同じことだ。

オカネの狙いたがわず、お志乃は変に色ッぽい女に育ちあがったから、オカネは旨を含めて、お客に手を握られたのを報告させ、その中からお金持の爺さんを選んで、特にサービスを差許す。そういう旦那が三人あった。

銀一とお志乃は車にのって稼ぎにでる。車夫を抱えると月給がいるから、近所の車宿の太七という老車夫と予約し、二人のアンマ代には車代も含まれているという仕組みになっているのである。

もっとも銀一が妾宅へ通うのも太七の車であるから、その車代もちゃんとお客が払うような復雑な車代になっている。

弁内は馬の鼻息をたてて仁助の肩をもみながら、例の問わず語り。

「師匠を悪く云いたかアないが、ウチの師匠夫婦ぐらいケチンボーは珍しいね。アンマと芸者屋は同じことで、女アンマと芸者は表むき主人の養女となっているが、ウチのお志乃さんは本当に後とり娘の養女なんだよ。その養女に三人も旦那をとらせて、まだまだ七人でも十五人でも旦那をとらせるコンタンさね。オカネの化け物婆アときたしにゃア、両手の熊手でカッこむことしか知りやしねえ。両手どころか両の足まで熊手さね。熊足かな」

仁助の目がギラリと光ったとは知る由もないメクラの弁内、馬の鼻息を物ともせずに語りつづける。修練とは云いながら、鼻と口とを同時に器用に使い分けるもの。

「師匠にゃア妾もあるし、私たちには食わせないが、妾宅なんぞではずいぶんうまい物も食ってるらしいが、化け物婆アときたしにゃア私たちに隠してドンブリ一ッ取りよせて食ったこともないてえケチンボー婆アさ。だから私たちのオカズだって知れてるじゃアありませんか。力稼業の身体がもたないよ。外でチョイチョイ高い物を食わなきゃアならない。そのくせ一文も金を貸しちゃアくれないね」

「ヘソクリをためているのか」

「ヘソクリどころじゃないよ。師匠に店をもたせて以来、モウケは二人で折半。アンマの株を買ってやったのが持ちだしだが、その何百倍とモウケたくせに、今でもそれを恩にきせて大威張りさ」

そのとき、にわかに起った半鐘の音。スリバンだ。

「近いらしいね」

諸方の家の戸や窓があいて、路上や二階で人々の叫び交わす声。弁内は慌てずあせらず、もむ手を休ませないから、

「火は近いようだが、お前のウチは遠いのかい」

「いえ、遠かないね」

「落ちついてやがるな」

「火事にアンマが慌てたって仕様がないよ」

「なるほど。それにしても、人情で慌てそうなものじゃないか」

「焼ける物を持たない奴は慌てないよ。チョイと慌てる身分になりたいやね」

そこへこの商人宿の女中がかけこんで、

「弁内さん。火事はアンタのウチの近所らしいよ」

「そうかい。それなら、ここのウチでゆっくり一服しなきゃアいけない。うっかり目アキに突き当られちゃアかなわないからな」

「オレが見てきてやろう」

仁助は立上り、女中からアンマ宿の所在をたしかめて、火事見物にでかけた。

★

幸い風のない晩だから三四軒焼きこがして食いとめた。アンマ宿は通りを一ッ距てていたので、近火だったが、被害はない。

弁内はヤジ馬や火消が退散して、深夜の静けさに戻るまで油をうって帰ってくると、オカネが銀一とお志乃に当りちらしている最中だった。

「ここんちじゃア人間の頭は六ツだが、目の玉は一ッ半しかないんだよ。その一ツはお志乃の顔についてるんだ。家財道具を運びだすにも、メクラどもの世話をやくにも、その目玉がタヨリじゃないか。火事が消えてヤジ馬も居なくなったころになって、ようやくノコノコ現れてくる奴があるかい。そッちのゲジゲジの野郎も唐変木じゃないか。ここはお前のウチだろう。本宅の四五軒先がボウボウもえてるてえのに、妾宅に火の消えるのをボンヤリ待ってるバカがあるかえ。テメエはメクラかも知れないが、車夫やトビの五人十人くりこませるぐらいの才覚がつかねえかよ。唐変木のゲジゲジめ！」

なるほど、オカネ婆アの怒るのも一理はある。しかし、見習の稲吉はせせら笑って、

「うるせえ化け物婆アだなア。師匠とお志乃さんが戻るまでは、オレたちを散々ガミガミ云やアがったよ」

「メクラが火事場へ駈つけたって、ジャマになるばかりじゃないか」

「ナニ、駈けつける道理があるかよ。オレと兄弟子はお茶をひいてたんだよ。火事だてえと、婆アの奴のドッタンバッタン慌てるッたらありやしねえ。おまけに、オレと兄弟子に庭へ穴をほれと云やアがる。火の粉が降ってくるのに、穴なんぞ掘れるかよ。穴が掘れてないてんで、今の今までガミガミよ」

「ちっとも掘らねえのか」

「掘らねえとも。庭ッたッて、ここんちにゃア便所のまわりに猫の額ほどのものがあるだけじゃないか。そんな臭い土が掘れるかよ。なア、角平あにい」

角平はフトンをひッかぶッて寝ていたが、

「真夜中に、むやみに話しかけるんじゃないや」

「オヤ？　隣りの部屋にイビキ声がするじゃないか」

「化け物婆アの甥の松之助よ。川向うから火の手を見て、火の消えたあとへ素ッとんで来たのよ。忠義ヅラする奴だ」

と、ませた口で吐きすてるように言ったのは稲吉だった。

松之助はオカネの妹の子供であった。お志乃のムコにどうかと云って、妹がしきりに姉に働きかけている若者であった。

ところが、オカネ婆アはなかなかウンとは云わない。それどころか、せせら笑って、

「松之助は手に職があるかえ？」

「だからさ。私が甘やかして育てたばかりに、手に職がないから気の毒なんだよ。ここの養子になれば、大勢のアンマを使って、ちょうどいいじゃないか。指図ぐらいはできるじゃないか。目があいてるし、手も書けるよ」

「ウチのゲジゲジにひッぱたかれるよ。指図ぐらいできるたアなんだい。お志乃だって、片目があるし、手も書けらア。ウチのゲジゲジは働きのない人間ほどキライなもの

はないてんだよ。私がウンと云ったたって、ウチのゲジゲジがききやしねえ。私にしたって、ゲジゲジに頭を下げてまで、ウスノロをムコにもらいたかアねえヤ」

「ちょッと！　松之助はウスノロじゃアないよ。目から鼻へぬけたところだってあるんだよ」

「よせやい。ぬけたところも、とは聞きなれないね。一ヶ所だけ目から鼻へぬけたてえ人間の話はきかないね」

「じゃア、なにかい。手に職をつけたら、松之助をもらッてくれるね」

「私ゃ知らないから、ゲジゲジに相談しな。ゲジゲジがウンと云やア、私ゃ反対しないよ」

むろん銀一がウンと云う筈はない。アンマのウチはアンマがつぐにきまったもの、と云うのが彼の断乎たる持説である。彼が常々その持説を主張するから、弟子のアンマもその気になっていた。角平が二十六。弁内が二十四。どッちも良い歳だ。ヨメでも貰ってよそへ間借りして開業しても、ケチンボーの銀一についてるよりはマシな暮しができる筈だが、ここのムコになれるかも知れないと思うから、ゲジゲジや化け物にガミガミ云われながら辛抱している。それは十八の稲吉にしても、そうだった。兄弟子は二人ながらバカヤローだから、コッちへ順が廻るかも知れねえと考えている。

「物を云う時には横を向け。手前の口は臭くッて仕様がないや。ヌカミソ野郎め」

角平は日に一度や二度は銀一とオカネにこうどやされる。それでも歯をみがこうとしないのである。

弁内の大飯《オーメシ》と早飯《ハヤメシ》は物凄かった。誰よりも素早く余計にかッこもうというコンタンだ。

「手前のゼニで腹のタシマエができねえかよ。一人前の若い者は、稼いだ金はキレイに使うものだ。唐変木め」

と、オカネに年中怒られているが、それぐらいのことで弁内の早飯がのろくなったことはない。奴めは稀代の女好きで、アンマのくせに岡場所を漁るのが大好物なのだ。そのために年中ピイピイしているのである。

稲吉は十八ながら要領がよかった。覚えもよくて、十五の年にはもう流しアンマにでるようになった。見習い中は笛をふいて流しにでるのが昔のキマリだ。奴めは五人お客をとると、今日は三人でござんした、と報告して二人分はうまい物を食ってくる。

もっとも、これはどこの若いアンマもやることだ。けれども、要領が悪いから、みんなバレてしまう。彼らがバカなわけではなくて、どこのアンマの師匠もサグリを入れる天才をもっているからだ。五六十年も目のない生活をしていれば、その期間というものは他の感官をはたらかして常にタンテイしているようなものでもあり、カタワのヒガミがあるから人の何倍も多く深く邪推して、サグリを入れる手法には独特の熟練を持っている。

銀一もサグリの名人だが、一方オカネ婆アは片目の半分を活用して、メクラどもに泥を吐かせる大手腕をもっていた。

「オヤ。お前の袖口にオソバがぶらさがッてるよ」

なんて、メクラには何も見えないから、アノ手コノ手と攻めたてて、いつのまにやら泥を吐かせる。角平や弁内はいい齢をしながら今でもオカネ婆アのサグリにあうとコテンの有様である。ところが稲吉は、若いながらもこんなサグリにはかからない。

その上、商法上のカンと要領が生れながらに発達しているから、上客を知りわけてサービスよろしく可愛がられるコツも心得ており、よその流しアンマの何倍もオトクイがあるのである。しかし上トクイがタクサンあるということなぞはオクビにだしたこともなく、稼ぎの半分は師匠にかくして使っているが、殆ど見破られていないのである。

このように要領のよい稲吉だから、心の中では兄弟子どもをことごとく甜《な》めきッていた。オレは十八、お志乃は十九。別に奇妙な組み合わせではない。角平だの弁内なんぞがオレをおいてお志乃のムコになれるものか、と内々思いこんでいた。

ところが、ちかごろ風向きが変ってきた。

「腕がよくッて、気がやさしくて、利口で、広い東京にも二人と見かけることができないような若いアンマがいるが、お志乃のムコにどうだい」

と云って、話を持ちかけてきた人がある。オカネと銀一が会ってみると、なるほど気立てのよいメクラだ。そして、腕もよい。

「腕と云い、気立と云い、顔かたちと云い、人品と云い、ウチの唐変木どもとは月とスッポンだよ。ウチの野郎どもときたひにゃア、どうしてこう出来損いが集りやがったのだろう」

と、まずオカネがことごとく気に入った。そしてこのムコ話がだんだん具体化しつつあった。

三人の弟子のアンマはよそのトンビに油揚をさらわれそうになったので驚いたが、お志乃と松之助はもッと困った。なぜなら、お志乃と松之助は良い仲になっていたからである。

　松之助の背後には母親がついている。母親がアイビキの指図をして、二人に智慧をつけているから、さすがのオカネも銀一もまだこのことには気がつかないが、松之助よりもむしろお志乃が熱くなっていた。

「メクラと一しょになるなんて、思ッてもゾッとするよ。ねえ、松さん。どうしたら、よかろうねえ」

「なんとか、ならねえか」

「なんとか、しておくれよ」

　と三ツの目玉を見合わせても、この二人には良い智慧が浮かぶ見込みもない。

　この晩も、旦那のところを早目に切りあげたお志乃が松之助とアイビキ中にジャンときた。火が消えてから二手に分れて、二人は何食わぬ顔、松之助の奴は、

「ヘイ、火事見舞いでござい」

　と図々しく、ついでに義理を果して、オヤ御苦労さん。おそいから、泊っておいで、と寝床をしいてもらい、奴めアイビキで疲れているから、良い気持にグッスりねこんでいるという次第であった。

「こんなウチは火事に焼けちまえばいいのに」

と、弁内は呟きつつフトンをひッかぶり、

「長居は無用だ。この土地にゃア話の分る後家も芸者もいやしねえ」

「テメエの話は人間のメスには分らねえよ。北海道へメス熊の腰をもみに行きな」

角平がねがえりをうって吐きだすように呟いた。

★

なま暖い晩だった。長い冬が終ろうとして、どうやら春めきだしたころ有りがちな陽気。

「今晩は火事があるぜ。コタツでウタタ寝しちゃアいけねえよ」

銀一が呟きのこして出ようとすると、

「ナニ云ってやんでえ。テメエのコタツを蹴とばしてお舟の股ぐら焦すんじゃねえや。ゲジゲジの唐変木め」

オカネが怒鳴り返した。銀一はそれにはとりあわず、車にのって去った。患者からの迎えであるが、むろんそのあとでは必ず妾宅へまわるのが例であるから、出がけにこれぐらいのヤリトリは無事泰平の毎日の例にすぎないのである。

銀一をのせて患家へとどけた車夫の太七、カラ車をひいて戻ってきて、待っていたお志乃をのせて去る。浜町の伊勢屋から昼のうちにお約束の口がかかっていたのである。伊勢屋の隠居はお志乃の旦那の一人であった。

オカネは出ようとするお志乃の後姿に向って、

「一日二十四時間、夜も昼もアンマにゃア働く時間なんだ。一晩に旦那を一軒まわりゃア用はねえと思ってやがる。旦那なんて丸太ン棒はテイネイにさするんじゃねえや。いい加減にきりあげて、サッさと帰ってこい。テメエから身を入れてさすってやがる。助平アマめ」

貧乏徳利の冷酒を茶ワンについでグイとあおりながら当りちらしている。これがオカネの唯一の人間なみのゼイタクだが、オカズはいつもオシンコだ。

そこへ表の戸を叩いて、

「今晩は。オヤ。暗いね。もうおやすみですか」

「アンマのウチはいつも暗いよ。チョウチンつけて歩くアンマは居やしねえや」

「石田屋ですけど、弁内さん、いますか」

「弁内！　いるかとよ！」

オカネの吠え声に、二階の弁内、ドッコイショと降りてくる。

「石田屋さんだね」

「ええ。すぐ来て下さいッって」

「お客さんは、誰？」

「いつもの足利の人ですよ。ほかにもお願いしたい方がいるそうです。お願いします」

と、商人宿石田屋の女中は帰って行く。弁内は二階で着替えながら、

「どうやらお座敷がかかったか。この節は流しでなくちゃア、ダメらしいや。師匠の看板なんざア、てんで物を云やアしねえや。ベラボーめ。腕自慢のアンマが流して歩けるかい。いよいよ東京もつまりやがったな」

「お名ざしで口がかかりゃア結構だ」

「ヘッへ。チョイと御身分が違います」

弁内は道具一式を包んだ物をぶらさげて、暗闇の階段を器用に降りて行く。出がけにハバカリへはいる。まだハバカリにいるうちに、又もや表の戸を叩く音。

「頼もう。アンマのウチは暗いな」

「目の玉があると思って威張りやがるな。暗いが、どうした。オカネの顔を見せてやろうか」

「化け物婆アめ。相変らず冷酒のんで吠えてるな。妙庵先生のウチの者だが、アンマを一匹さしむけてくれ」

「自分で脈がとれねえかよ、ヤブ医者野郎め」

稲吉は流しにでているから、二階に売れ残っているのは角平ひとり。さッそく身支度して階下へ降りる。出会い頭に便所からでてきたのは弁内。

待っていてくれた妙庵の代診仙友とともに三人一しょに外へでる。十時半ごろだった。四ツ角で、右と左に弁内と別れると、仙友は角平にささやいた。

「例の通り、よろしく、たのむぜ。先生のイビキ声がきこえるとオレはぬけだすから、患者が戸を叩いたら、今日は休みでござんすと断ってくれ。先生にわからねえように、な」

仙友はオヒネリをだして角平のフトコロに押しこんだ。

妙庵は持病の神経痛がおさまると、大酒のんでアンマをとってねむる。ふだん睡眠が足りないから、こういう時には正体もなくグウグウと屋根がゆらぐようなイビキをたててねこんでしまう。代診の仙友のほかには下男も女中もいない。ふだんコキ使われている仙友にとって、ゆっくり羽をのばしてくる好機であるから、妙庵のイビキ声とともに、後をアンマにまかせて一パイ飲みにでるのである。

角平が到着すると、妙庵はサカズキをおさめて、ネマキに着替えて、横たわり、

「陽気がいいせいか、今夜は特別酒がしみるな。あんまり強くもんじゃァいけないぜ。軽く全身のシコリをほぐすように、ゆっくりと静かに、さするとみせてもむようなアンバイ式にもみほぐすんだよ。オレが自然に寝がえりを打たないのに、オレのカラダをヒックリ返しちゃアいけないよ。手のとどかねえ下の方にも手をまわしてもんでくれるのがアンマの親切というものだ」

口うるさい妙庵、そうでもない、こうでもない、強すぎる、弱すぎると一々文句をつけているうちに、ゴオンゴオンと大イビキをかきはじめる。

妙庵の夜食をさげて後始末を終った仙友、イビキ声にほくそ笑み、見える筈のないメクラの角平に目顔で別れを告げて、イソイソと立ち去った。

彼の行きつけの一パイ飲み屋はオデン小料理の小さな縄ノレンの家である。その店でも大切にされるお客ではない。

妙庵があんまりはやらないヤブ医者だから、その代診の仙友は、実は下男代りのようなもの。給料なんぞもイクラももらッちゃいないから、妙庵がアンマをとって眠る晩に、稀れに抜けだして一パイのむのが手一パイというフトコロ具合であった。それでも当の本人は女中のオタキに惚れて、せッせと通っているツモリなのであった。

ところがその晩はオタキの情夫か何か分らないが、若い色男のお客のところへピッタリくッついたきり、オタキは仙友の方なんぞは振りむきもしない。

四本五本とヤケ酒をひッかけて、そのたびごとに、

「オイ。オ代りだ！」

大きな声で怒鳴っても、てんで相手にしない。

「チョッ。畜生め！」

しかし、モウ、それ以上は軍資金がつづかないから、

「覚えてやがれ。テメエだけが女じゃアねえや。アバヨ」

と、外へでる。にわかに酔いがまわってきた。そして、それからどうしたかハッキリした覚えがないが、どうやら方々うろつきまわったようである。ころんだり、ぶつかったりしたようだ。

けれども家へ戻ると、さすがにいくらか正気が戻ってくるのは、よっぽど妙庵先生が怖いのだろう。とは云え、酔っ払いの荒々しい動作が全然おさまりはしないから、

「シッ！」

角平にたしなめられて、

「ヤ。角平か。すまねえ、すまねえ、どうも、長時間、相すみませんな」

柄になく、あやまって、匆々《そうそう》に寝床にもぐりこんだ。彼が一パイのんで戻ってくるまで、患家の使いを撃退役にアンマをもみつづけてもらうのがいつもの約束であった。

仙友が戻ってきたから、角平はさっそくアンマをきりあげて、立ち上る。外へでたが、まッすぐ家へ戻らずに、反対側の賑やかな通りへでて、仙友の行きつけの一パイ飲み屋のノレンをくぐった。

「一本つけて下さいな」

「オヤ、めずらしいね。たまには顔を見せなよ」

「ヘッヘ。不景気で、それどころじゃないよ。今夜はようやく二人目さ。おまけに一人は三時間ももませやがる。仙友の奴め、ずッとここに飲んでたんですか」

「仙友？　アア、そうか。妙庵の代診か」

「それよ。私ゃあの野郎が抜けだして一パイ飲んで戻るまで、先生をもんでなくッちゃアならねえのさ」

「あの男はとッくにここを出たぜ。かれこれ二時間になるだろう。十二時ごろだったなア。オタキの奴が客と一しょに出て行くちょッと前だったな。あれから二時間もたったのに、オタキの奴め、いまだに戻ってきやしねえ」

「じゃア、もう二時になりますか」

「二時十分すぎだ」

「こりゃアいけねえ。タップリ三人前もませやがったか。道理で、腹がへリスケだ」

お酒を三本キューーッとひッかけて、オデンを三皿。茶メシを二ハイかッこんで出た。

もうその時は三時であった。

家へ戻ると、土間には銘々の下駄をそろえておく規定の場所が定められているから、そこに自分の下駄を揃える。他の人の下駄を探ってみると、まだお志乃の下駄がない。目のない彼らは、こうして人々の帰宅を知り、最後に戻ってきた者が戸締りをすることになっている。

弁内も稲吉もぐッすりねこんでいた。彼もフトンをひッかぶった。一足おくれて戻ってきたのはお志乃であった。お志乃が戸締りをした。お志乃はチョウチンをぶらさげて戻ってきたから、下駄を手でさぐる必要はない。彼女だけは燈りの必要な不自由な人間の一人であった。

と、次に角平はけたたましい叫び声をきいた。お志乃の声だ。

「タ、タ、大変！　助けて！」

やがてお志乃が高い山を登りつめたように息をきらして這い上ってきた。

「おッ母さんが殺されてるよ」

報らせをうけて到着した警官がオカネの死体にさわってみると、もう冷くなっていた。絞殺されていたのである。

★

オカネの寝床やアンドンは片隅にひきよせられ、部屋のマンナカのタタミがあげられ、ネダ板が一畳分そっくり一枚一枚外されて、ポッカリ大穴があいていた。泥のついた壺が一ツ穴のフチのタタミの上においてあったが、それは縁の下からひきあげたものであろう。壺のフタは外され、中味はカラであった。

ほかに室内を物色した形跡がなかった。

角平と弁内が仕事にでたのは十時半。そのときまでオカネは冷酒をひッかけ、相当よッぱらッていた。

最初に仕事から戻ったのは弁内、一時ちょッと過ぎたころだ。彼はそれまで石田屋で、仁助のほかにもう一人のお客をもみ、お帳場でイナリズシを食べさせてもらッて帰ってきた。彼にはアリバイがあった。

一足おくれて、稲吉が流しから戻ってきた。つまり、犯行は十時半から一時ごろまでの間であろう。

三時すぎに角平が戻ってきた。一足おくれて、お志乃が戻ってきた。

一時すぎから三時すぎまでの間にも戸締りのなかった二時間の空白がある。しかし、警官が駈けつけた午前四時にはオカネの死体はまったく冷くなっていたし、タタミやネダをあげるという大仕事を、耳さとい二階のメクラたちに知られずにやれるとは思われない。弁内と稲吉はしばらく寝つかれなかったというが、怪しい物音はきかなかったと言っている。

「六人家族と云っても、目玉は合計一ツ半しかないのです」

と、新十郎を呼び迎えにきた古田巡査が報告した。

「一ツというのはお志乃。半分はオカネ。オカネの片目はボンヤリとしか見えないのです。そのオカネが殺されて、残った目玉はたッた一ツ。目玉のない連中のことですから、何をきいても雲をつかむようらしいですな」

「縁の下に壺が隠されていたことは、一同が知っていたのですか」

「さ、それですが、あとの五人は一人もそれを知りません。主人の銀一すらも知らなかったと申しております」

「主人の銀一すらも？」

「そうなんです」

「それは、おもしろい」

新十郎は呟いた。

そして、支度のできた新十郎一行は人形町の現場へおもむいた。それはもう二日目で、一応の調査が終って、ネダもタタミも元におさまり、何事もなかったようになってからだ。

その日は葬式で、身内の者はオカネの遺骸を焼きに出払っており、三人の弟子のメクラだけが留守番をしていた。

新十郎一行はメクラ三人と一しょにスシを取りよせて食べながら、

「目の見えない人はカンが良いというが、あなた方には、隣室などに人の隠れている気配などが分りやしないかね」

「そのカンは角平あにいが一番あるが、私らはダメだね」

弁内が答えると、角平が口をとがらせて、

「オレにだって、そんな、隣りの部屋に忍んでいる人の姿が分るかい。バカバカしい」

「ハッハ。見えるようには、いかねえや。だが、あにいには大がいのことが分るらしいね。化け物婆アも、お志乃さんも、そう云ってるよ。石頭で、強情ッぱりだが、メクラのカンだけは薄気味わるいようだ、とね」

「バカにするな」

角平が真剣にムッとしたから、新十郎はとりなすように話をかえて、

「あなた方の御給金は？」

「給金なんてものはありませんや。四分六の歩合ですよ。私らが四分で。もっとも、稲吉は見習だから、稼ぎはそッくり師匠の手にとられます。この節はどの町内もアンマだ

らけで、もう東京はダメでさア」

弁内は相変らずオシャベリだった。

「オカネさんの晩酌は毎晩のことかね」

「ヘエ。左様で。私らに食事をさせてから、独酌でノンビリとやってるようで、独酌でなきゃア、うまかアないそうですよ。師匠がウチにいても、師匠に先に食事をさせて、それから一人でやってまさア。もッとも、師匠はいけない口ですがね」

「晩酌の量は？」

「一晩に五ン合とか六合てえ話だなア。キチンときまッた量だけ毎日お志乃さんが買ってくるんで、誰もくすねるわけにいかねえというダンドリでさア。それをキレイに飲みほして、お茶づけをかッこんで、ウワバミのようなイビキをかいて寝やがるんで」

「婆さんは毎晩いつごろやすむのかえ」

「こちとら時計の見えねえタチだから、何時てえのは皆目分りやしねえや。酔ッ払って、ガミガミうるさく鳴りたてやがると、そろそろお酒がなくなるころで、あの晩は私らが仕事にでるころ、そろそろ茶づけが始まってたね。私ゃハバカリにしゃがんでるとき婆アが茶づけをかッこみだしたのを聞きましたよ」

「すると、あなた方が仕事にでると、まもなく婆さんは眠ったわけだね」

「たぶん、そうだろうね。茶づけを食ッちまやがると、たちまちウワバミのイビキでさア。私らには分らないが、なんでも片目をカッとあけて眠ってやがるそうで。怖しいの、凄いの、なんの。二目と見られやしないという話でさアね」

一人ペラペラまくしたてるのは弁内だけだった。

今とちがって火葬の設備が悪いから、夜分にならないと家族たちは戻らない。新十郎一行は一廻りして、一同のアリバイを確かめることにした。表へでると、通りを距て、筋向うが焼跡だった。

「この火事は近頃のものらしいですね」

「十日か、十二三日も前でしたか。夜中の火事でしたが、風がなかったので、運よくこれだけで食いとめたそうです」

と、古田が新十郎に答えた。

アンマ宿から一番近いのは妙庵のところ。三四十間ぐらいのものだ。角平のアリバイはハッキリしていた。

仙友はいかにもお医者然と取りすまして、

「私が迎えに参りまして、それからズッと角平はここに居りました」

「十時半から三時まで、たったお一人の方をもみつづけたのでしょうか」

「軽く、やわらかく、シンミリと。これが先生のおもとめのモミ療治で。持病がお有りですから、特別のモミ療治を致すようで」

石田屋へ行った。弁内を呼びに行った女中が答えて、

「アンマをよんでくれと仰有《おつしや》ったのは、足利の仁助さんというチョイチョイお見えになる方です。お泊りの時はたいがい弁内さんをお名ざしで呼ぶのです。仁助さんのあとで、もう一人の方をもみましたが、このお客さんはこの日はじめてお泊りの大阪の薬屋さんとか云ってた方です。アンマをよぶなら後でたのむとお約束して仁助さんの済むのを待ってもませたのです。二人とも堅い肩でめっぽう疲れたと弁内さんはコボシていましたよ。ちょうどお帳場に残り物のイナリズシがあったから、弁内さんはそれをチョウダイして、帰りました」

これもアリバイはハッキリしていた。

流しの稲吉にもアリバイがあった。彼は十時ごろ清月というナジミの待合へよびこまれて、十時から十一時ごろまではお客を、十一時から一時ごろまでは待合の主婦をも

み、夜泣きウドンを御馳走になって帰った。

「あのアンマは小僧ながらもツボを心得ていて、よく利くんですよ。チョイチョイよんでやるもんですから、とてもテイネイによくもんでくれます。帰りがけにウドンやオスシなど食べさせてやりますから、それを励みに心をこめてもんでくれるんですよ。子供は可愛いものですね」

と、稲吉はここで大そう評判がよかった。

お志乃のアリバイもハッキリしていた。伊勢屋に三時ごろまで居たことは確かであった。伊勢屋の隠居は正直にこう打ちあけた。

「私はアレに情夫《イロ》があることを知っていますよ。約束の時間を時々おくれたりして、ムリな言いのがれをするのです。しかし、あの晩だけはマチガイなくここに居ました。十時から朝方の三時ごろまで、私の相手をしていたのです」

銀一のアリバイはさらに動かしがたいものがあった。彼は警察の署長官舎へ招かれて、病気でねている署長の母をモミ療治し、そこへ出先からおそく帰ってきた署長が一ツたのむと云うので、これを一時ごろまでもんでいた。それから妾宅へ廻ったのである。

「流しの犯行ときまったね」

と、虎之介が軽く呟くと、新十郎は笑いながら、

「犯人はオカネをしめ殺したのち、フトンやアンドンを片隅へひきずりよせて、部屋の中央のタタミとネダをあげて、壺をとりだして金を盗んでいるのですよ。ほかのところには全然手をつけずに、ね」

彼も軽く呟いた。

★

一同は夜分になるのを待って再びアンマ宿へ行ったが、家族たちはまだ戻ってこない。ちょうど弁内が仕事にでようとするところだった。

「大そう精がでるね」

「へッへ。腕が物を云いまさア。お名指しのお座敷でござい、とくらア」

「石田屋かい」

「アレ。旦那も大そうカンがいいね。もっとも、ほかにお名ざしの口てえのはないからね。人殺しがあったてえから、話をききたい人情もあらア。物見高いものさ。昨日今日

はウチの前が人ダカリだってネ。あの旦那は火事の晩、ちょうど私があの人の肩をもんでる最中だったが、火事はウチの近所だてえと、メクラの私の代りに火事見舞いに行ってくれたよ。これも大そうなヤジウマさ」

「手伝いに来てくれたのかえ」

「まさか、それほどでもないでしょう」

　すると、稲吉が頓狂な声をあげた。

「そう云えば、その人は、たしかに、来たぜ。なア。角平あにい。石田屋の者だが、メクラばかりで手が足りなけりゃア、手伝ってやるが、どうだ、と云って、表の戸をあけて声をかけた人があったよ。そのとき、下火になった、下火になった、てえ人々の叫び声がどッとあがったから、下火になったらしいじゃありませんか、と訊くと、しばらくカマチへ腰かけて話しこんで戻って行ったね」

弁「オレにはそんな話はしなかったが、それじゃア本当に寄ってくれたんだなア」

新「あの晩はメクラばかりで困ったろう」

稲「いえ、困ったのは婆アばかりで。あの婆アのドッタンバッタン慌てるッたら有りゃしねえな。たしかにタタミもあげていましたぜ。そのときウチに居たのは婆アのほかには、私と角平あにいだが、婆アの奴め、庭へ穴を掘れと云やアがる。表は一面に真ッ赤じゃないか。メクラにも火の色ぐらいは分らア。おまけに火の粉は降ってきやがる。穴なんぞ掘ってられやしない。とても庭に立ってられやしないよ。コチトラは焼けて困る物がないから、落ちついたものよ。イザといえば逃げられるように、出口に近いところで、外の様子をうかがっていたね」
新「婆さんがタタミをあげているとき、石田屋の人が居合わしたかえ」
稲「さア。どうかねえ。下火になったころは、婆アもどうやら落ちついたようだ」
新「その人は部屋の中へ上らなかったかね」
稲「上りやしません。私らがカマチの近いところに居たのだから、その人はカマチに腰をかけたぐらいで、中へ上るわけにはいかないね」
新「それじゃア、あなた方は婆さんの逃げ支度のお手伝いはしないんだね」
稲「致しませんとも。メクラはそんな器用なことはできませんや」
新「そのほかに誰か手伝いに来た人はありませんか」
稲「こんな因業なウチへ手伝いにくるバカは居ねえや。もっとも、とっくに火が消えてから婆アの甥の松之助がきて泊って行きましたよ。一足おくれて、お志乃さんと師匠が戻ってきました」

弁内は話の途中から仕事にでかけた。その姿が見えなくなると、新十郎は話をきりあげた。外へでると、

「いろいろなことが分りかけてきましたね。足利の仁助という人の隣りの部屋が空いていて、弁内との話がききだせると面白いが」

新十郎がこう呟くと、古田巡査が、

「私が石田屋の主人にたのんで、やってみましょうか」

「では、そうして下さい。私たちは角平が夜更けの三時ごろ一パイのんで食事したというオデン屋でお待ち致しております」

新十郎らは古田に別れて、その一パイ飲み屋のノレンをくぐった。ちょうど夕食の時間ではあるが、この辺はお店者《たなもの》の縄ばりで、彼らはお店で食事をいただくから、こういう飲み屋を利用するのは夜更けに限るらしく、あんまり客はいなかった。

こんな所でなんとなく話をひきだすのは田舎通人が巧妙であった。彼は二三杯でもう赤く顔をほてらせながら、

「二日前のことだが、この先の清月てえ待合でオレがアンマをとっていたと思いなさ

い。ちょうどその時刻に、アンマのウチで婆さんが殺されていたそうだ」

オデン屋のオヤジがふりむいて、

「へえ、そうですかい。あすこのアンマはウチへもチョクチョク見えますが、旦那をもんだてえのはどのアンマで」

「十七八の、まだ小僧ッ子よ。しかし、ツボの心得があって、器用な小僧だ」

「あの小僧ですか。あれは目から鼻へぬける小僧でさア。婆さんが殺された時刻てえと、いつごろでござんす」

「チラと耳にしたところでは、十一時から一時ごろの間だそうだが、その時刻はちょうどオレが小僧にもませていた時さ」

「その時刻かねえ。あの晩は、二時すぎごろに、ウチへも一人見えましたぜ。角平という一番齢をくッたアンマさ」

「そう、そう。そのアンマもオレがゆうべ清月へよんで肩をもませたよ。マッコウくさいお通夜の晩だから、よろこんで、もみに来たな。こッちは話がききたくてよんだんだから、いろいろきいたが、敵はメクラだから、要所要所は一ツも知らないねえ。ちょうど人殺しの時刻には妙庵先生をもんでたそうだ」

「そうでしたねえ。その帰りにウチへ寄ったんだそうですよ。三時間の余ももませやがったとブツブツ云ってましたがね。その晩は妙庵先生の代診の仙友がウチへのみに来てるんです。仙友の奴、アンマに先生の肩をもませておいて抜けだすのだそうで。先生はアンマにかかると高イビキでねこんでしまう。そこで、あとはアンマにまかせて抜けだす。患者のウチから迎えがくると、今日はアイニク先生は不在でとアンマに断り口上を云ってもらう。その約束だから、アンマは仙友の奴が一パイキゲンで戻ってくるまで先生をもんでいなきゃアいけないそうで。仙友の奴はその晩ウチの女中にふられやがったもんで、中ッ腹で十二時ごろどこかへ消えてしまやがったが、ウチの女中もその晩、男とドロンでさア」

話がさッぱり分らない。

「仙友とここの女中がドロンかい？」

「いえ、そのとき情夫《イロ》が店に来ていたもんで、仙友はふられの、女中はそのまま男とドロン」

「ふられの、ドロン？　ふられた方がドロンじゃないのか？」

新十郎はふきだして、立上った。

「私はお酒がのめない気持になったから、ちょッと頭をひやして来ますよ」

と外へでた。一時間ほどすぎて、新十郎は戻ってきた。まもなく古田も現れたから、一同そろってオデン屋を出た。

「古田さんの方は、どうでしたか?」

「石田屋の主人にたのんで、幸い隣室が空いていたから忍ばせてもらいましたが、やっぱり仁助はあの晩の様子がききたいのですねえ。根ぼり葉ぼり訊いてましたが、相手がメクラのことですから、仁助の知りたいところに限って弁内がまったく不案内というワケなんです」

「たとえば、どんなところが……」

「たとえば、オカネは燈りをつけてねていたか。ふだんは燈りをつけているか。その晩は燈りがついていたか」

「わかりました」

新十郎はうなずいたが、その目は驚愕のために大きく見開かれていた。

「実に天下は広大だ。怖しいものですよ。一足おくれれば……」

彼は何事かをはげしく否定するように首をふって口をつぐんだ。やがて気を取り直し

て、

「私は妙庵先生のところで、オデン屋のオヤジの言葉が正しいのを確かめてきましたよ。仙友さんは仲々うまい抜けだし方をあみだしたものだ。あの方はアンマのくる日でなければ抜けだせないのですよ。なぜなら、その晩だけ、先生はお酒をのんでグッスリ眠るが、ふだんは夜更けまで目玉をギラギラさせている習慣だからですよ。そしてアンマにもまれている時仙友さんが外でお酒をのんでることを妙庵先生は全く御存知ないのです」

「十二時頃女中にふられてオデン屋を立ち去ってから、彼はどこをブラついていたのですか」

花廼屋《はなのや》がこう訊くと、新十郎は首をふって、

「さア、それがとりとめがないのです。諸所方々をうろつきまわっていたようだが、ハッキリ覚えがないと云うのですよ」

一同は、またアンマ宿へ戻ってきた。まだ家族たちは戻っていない。角平の姿も見えなくて、稲吉がただ一人ションボリ留守番をしているだけだ。

「日が暮れると、にわかに注文殺到でさア。物見高いんだねえ。ふだんは一晩に三口か

四口も口がかかりゃアいい方なんですよ。私も人殺しのウチに留守番なんてイヤだから、仕事にでたいが、家を明けて出るワケにもいかないから、困ってるんだよ。留守番を代って下さいな」

「もう、ちょッとの辛抱だよ」

新十郎はズカズカ上へあがって、

「間取りのグアイを見せておくれ。ここは二軒長屋だね。典型的な二階建長屋づくりだ」

彼は階下階上ともにテイネイに一部屋ずつ見てまわり、台所も、便所も、便所の前の三坪ほどの庭も、眺めて廻った。特にオカネの殺された部屋では中央のタタミをあげ、ネダの板を一枚ずつ取りのぞいた。どの板も元々クギを打った跡がなかった。

この日の彼の調査は、それで終りであった。彼らは帰途についた。

「銀一とお志乃に会うのは明日にしましょう。急いで会う必要もありますまい。家族は六人、目は一ツ半。古田さんでしたね、そう仰有ったのは。見える方の一ツ半を考えるよりも、見えない方の十半を考える方が重大かも知れない。しかし、まだ私には分らないことが一ツある。それをやッぱり私自身が頭の中で突きとめなければ意味をなさない」

新十郎の思いつめた呟きをきいて、花廼屋も虎之介も古田巡査も呆然また呆然の顔々。

虎之介は血を吐くような深所からフワフワした声をふりしぼって、

「バ、バカな」

「ナニがですか」

「犯人が判ったわけじゃアないだろう」

「犯人は判っております」

「春さきはフーテンがはやるものだね」

新十郎はクックツ笑って、

「明日、正午に私の書斎に落合いましょう。そして、人形町へ参りましょう。犯人を取り押えに。もっとも泉山さんは、氷川町から人形町へ直行なさる方が近道ですね。では、おやすみ」（ここで一服。犯人をお考え下さい）

★

海舟の前にかしこまって、すべてを語り終って後も、虎之介のフクレッ面はとがッたままだった。昨夜の別れ際に、氷川町のことまで新十郎に先廻りして云われたのが癪にさわって堪らないからである。

海舟はナイフを逆手に後頭部の悪血をしぼりとり、それを終って、左の小指の尖を斬った。ポタリ、ポタリ、と懐紙にたれる血を見るともなく考えふけっているようであったが、ふと顔をあげて、虎之介のフクレ面をからかった。

「虎は大そうムクレているな」

「よくお分りで」

「誰が見ても、よく分らアな。だが、ムクレているワケを言ってやろうか」

「そこまで見破られるほどのバカではござらん」

「犯人が皆目分りやしないからよ。まるッきり分らなくッちゃア、ムクレの他に手がねえやな。概ねムクレて一生を終る面相だぜ」

せッかく悪血をしぼりながら、こんなことを言っているのは、海舟も概ね犯人が分らないせいではないかと疑いたくなる。しかし悠々綽々《しゃくしゃく》として、一向にムクレた様子がないのは、そこが凡人と偉人の差かも知れない。あんまり見上げた差ではない。要するに、海舟先生、苦吟の巻であった。海舟は小指の悪血をしぼり終って、静かに語りはじめた。

「犯人は足利の仁助さ。六人家族に目が一ツ半。この理に着目すれば謎はおのずから解けらアな。新十郎の云うように、ほかのことには手をつけずにタタミとネダをあげて壺を取りだした犯人は、かねて壺の在りかを知る機会にめぐまれた奴にきまッてらアな」

　虎之介が益々ムクれてさえぎった。

「軽率でござるぞ。オカネが人々の不在を見すまして壺を取りだして中を改めている所へ賊が忍び込んで参ったのかも知れませんぞ」

「虎にしちゃア、できたことを言うじゃないか。だが、オカネがネダをあげたにしちゃア解せないところが一ツあるのさ。タタミ一枚分のネダがそッくりあがっていたそうじゃないか。壺を隠した当人がネダをみんなあげるようなムダなことをするものかえ。また、壺を改めている最中に賊が現れた際には、格闘の跡もなければならない道理だよ。オカネは寝こみを襲われているぜ。非力とは云え因業婆アが目をさまして盗ッ人を迎えたならば、鵞鳥どころの騒ぎじゃすみやしねえやな」

　この反駁は明快だった。さすがに海舟、虎之介とちがって、全てのことが一応整理された上での結論なのだ。虎之介はムクレたままうなだれて、返す言葉もない。

「火事見舞いにでむいて、はからずもオカネのヘソクリの在りかを見てとった仁助は、弁内をおびきだして肩をもませつつオカネが酔って熟睡のこと、他の五名が出払って無人のことを確かめ、弁内に後口のかかったを幸いに、ひそかに忍びでてオカネを殺し、金を奪ったのさ。あとで弁内に現場の様子を根ぼり葉ぼり訊きただすのは古い手だ。物見高いヤジウマのフリをしてみせるためと、また一ツには己れに不利な証拠を落しやしなかったかと不安にかられての自然の情というものさね」

★

虎之介は人形町へ直行した。新十郎の図星のようになってしまって、何から何まで癪にさわるが、時間がないから仕方がない。


しかし、見事な反駁のあとの推理だから、時がたつにつれてその爽快さがしみてくる。馬を急がせているうちにムクレは落ちて、胸がふくよかになってきた。

「さすがに天下の海舟大先生だなア。オレとしたことが海舟先生に反駁なぞとはゴモッタイもないことだ。しかし、先生も話せるなア。虎にしちゃアできたことを言うじゃないか、とおいでなすッたぜ。アッハッハ。居ながらにして全てタナゴコロをさすが如し、それに比べると、あの若僧のフーテン病みは……」

新十郎一行はアンマ宿の前で馬のクツワを押えていた。虎之介は馬から降りずに、

「こんなところに立っていたって仕様がないぜ。石田屋へ行かなくちゃア、ラチがあかないよ」

新十郎は笑って答えた。

「仁助は朝早く足利へたちましたよ」

「シマッタ！　一足おくれたか。それ、足利へ。オレに、つづけ」

「お主は馬よりも泡をふくねえ。馬をのせて足利へ走るツモリだな」

と、花廼屋が虎之介をからかった。

そこへ古田巡査の案内で到着した警官の一行。一同そろってアンマ宿へはいった。

主人銀一、養女お志乃、弟子が三名。オカネの妹オラクとその子松之助が来合わせていた。

せまい部屋に一同が着席すると、新十郎は家族の者を見まわした。メクラ一同オモチャの鳩のように無表情でハリアイがないことおびただしい。

「全てのことを推理したいと思ったのですが、一ツのことは今もって見当がつかない。メクラは、盗んだ物をどこに隠すか。たぶん、身から離すことを非常に怖れる気持が強いに相違ないが、しかし、目アキの気附かない隠し場所に確信があれば……」

新十郎は呟いたが、微笑して云った。

「もしも私たちの来訪に怖気づいて捨てたのでなければ、たぶん身につけているのではないでしょうか。古田さん。角平のカラダをしらべてごらんなさい」

角平は慌てて色を失った。古田と花廼屋がとり押えたが、必死の抵抗は目アキとちがってキリがないほど凄まじいものだった。

着ているものの一番下に、シッカと肌につけた札束の包みが現れた。角平は巡査によって引き立てられてしまった。

新十郎は語った。

「この犯人はほかの物には手をふれずにまッすぐにタタミとネダをあげて壺をだしているのですから、そこに壺のあることを知る機会に恵まれた者にきまっていますが、またメクラでなければならない理由があったのです。オカネの寝床と一しょにアンドンも片隅へ寄せられていました。アンドンをつけて物を探す必要のない犯人だったからでしょう。しかも、ネダはタタミ一枚分そッくりあげてありました。光と目を利用することができる人なら、こんなムダをする必要はありません。また縁の下から取りだした壺は、その縁の下からとりだしたタタミのフチで、フタをあけたり中味をとりだしたりされていました。これもクラヤミで処理されたことを示しています。全てがクラヤミで処理されたことを示しているにも拘らず、現場は実に整然として、クラヤミにつまずいてひッくり返した物品すらもないのです。クラヤミの動作に熟練した者でなければ、よそのウチへ忍びこんで人殺しをして、タタミやネダをあげながら、こんなにムダのない仕事の跡をのこせるものではないでしょう。しかもいつ誰が戻ってくるか分らない限られた時間のうちの仕業なんですから」

新十郎は虎之介の方を見た。彼はムクレて大目玉をむきながら、うつむいた。新十郎は語りつづけた。

「オカネは結婚後も良人《おっと》と財産を別にしていました。それほど己れの貯蓄を熱愛する者が人に知れるところへ金を隠しておく筈はありますまい。しかし、いかに要心深いオカネでも、度を失って隠し場所をさらけだす場合がありうるのです。その最もいちじるしい例が近火の場合です。まさしくオカネはドッタンバッタン慌てふためいてタタミをあげネダをあげました。そのときここに居合せたのは角平と稲吉でした。角平は石頭にも拘らず無類にメクラのカンがよかったそうで、よほど耳が発達しているのかも知れません。彼はこうして偶然にもオカネの貯金場所を突きとめる機会にめぐまれました。その上、人形町はアンマがふえて仕事が少くなり、お志乃のムコも殆ど定まってしまったから、ここを立ち去る自然の時期もきている。いつヒマをとっても人に疑われる怖れがないのだから、行きがけのダチンに、とさッそく機会を狙いはじめたのでしょう。あの晩はその絶好の機会でした。銀一は妾宅へ、お志乃は旦那のところへ、二人の帰宅はおそいにきまっています。流しの稲吉は一時すぎなければ戻ってこないし、自分と一しょにここを出た弁内はいつものお客のほかに後口もあるという。これもタップリ二時間あまりは戻る筈がない。しかも彼自身がよばれた先は、妙庵はいったん眠りこむと正体もなく、また仙友は自分に後を託して居なくなるというオキマリのところです。オカネは彼の出がけにはすでに茶づけをかッこんでいたから、妙庵よりも先にねこむに相違ない。そこで、妙庵がねこみ、仙友が抜けだした後に彼もそッと抜けだして、ここへ戻ってきてオカネを殺し金を奪って肌身につけ、何食わぬ顔で妙庵のところへ戻ってもみつづけていたのでしょう。こんなときに、妙庵がふと目をさましても、その目をさましている時間は長いものではないし、程へて再び目をさましても、前後の目覚めにハッキリしたレンラクや時間の距離の念があるものではありませんから、ちょッと便所へ行っておりまして失礼しました、と云えば、ああ、そうか、ですんでしまい易いものです。酔っ払いをねむらせておいて一時間ぐらい遊んできて再びもみつづけてもたいがいは分るものではないのです。もっとも、一部分だけもんで手をぬくと、敏感なお客には目がさめてのち、もまれたところと、もまれないところがハッキリ区別がつくそうですが、角平は再び戻ってきて、それからタップリ二時間ももんでいたのですから、妙庵は彼が中座したことを全然気がついていないのです。角平は非常に巧妙に自分がメクラであることを利用して事を行いましたが、あんまり巧みにやりすぎたので、犯人はメクラであろうという証拠まで残してしまった始末なのでした。あんまり巧みにやりすぎるのも、良し悪しですよ」

と、新十郎は語り終って、微笑した。

★

海舟は虎之介の報告をきき終ってのちも、しばし余念もなく悪血をとっていたが、

「なるほど。メクラがアンマの途中に中座して人を殺してきたのかい。石頭のメクラには、目をさましている目アキの心は分らないが、もまれてグッスリ寝こんだ人間の動勢は手にとるように心得があるという、大きに有りそうなことだ。石頭のアンマなんぞとバカにしてかかッちゃア、目アキがドジをふむことになる。道によって賢しさね。大そう勉強になりましたよ」

虎之介は素直な海舟が気の毒になって、云った。

「あとで結城さんがひそかに語ったことですが、足利の仁助が根ほり葉ほり部屋の燈りのことを訊いたのはメクラの犯行と狙いをつけての詮議だろうとのことでした。そこを詮議するというのも、奴めがオカネの虎の子を狙っていたせいであろうとの話でした」

「余計なことだ」

海舟はつまらなそうに呟いた。

乞食男爵

この事件をお話しするには、大きな石がなぜ動いたか、ということから語らなければなりません。

終戦後は諸事解禁で、ストリップ、女相撲は御承知のこと、その他善男善女の立ち入らぬところで何が行われているか、何でもあると思うのが一番手ッとり早くて確実らしいというゴサカンな時世でしたが、明治維新後の十年間ほどもちょうど今と同じように諸事解禁でゴサカンな時世でした。ソレ突ケヤレ突ケなどというのは上の部で、明治五年には房事の見世物小屋まで堂々公開されたという。女の子のイレズミもはやったし、男女混浴という同権思想も肉体の探究もはやり、忙しく文明開化をとりいれて今にもまさる盛時であった。

当時は南蛮渡来のストリップのモデルがなかったせいか、または西洋音楽も楽隊も普及しておらぬせいか、ハダカの西洋踊りは現れなかったが、今のストリップと同じ意味で流行したのが女相撲であった。号砲一発の要領でチョッキリ明治元年から各地に興行が起ってみるみる盛大に流行し、明治二十三年に禁止された。

一座が組織立っていたせいか、今でも一番名が残っているのは山形県の斎藤女相撲団であろう。斎藤という人は信濃のサムライあがりだが、山形ではじめて女相撲を見て、こいつはイケルと思った。そこで自分の女房キンとその妹キワ、モトという三人を女相撲へ弟子入りさせ、やがて自分で一座をつくり、勇駒という草相撲の大関を師匠に四十八手裏表の練習をつませたうえ、全国を興行して人気を集めた。この一座の人気力士は遠江灘オタケという五尺二寸四分二十一貫五百の女横綱。特に歯力の強さでオタチアイをガクゼンとさせたそうだ。二十七貫の土俵を口にくわえ、左右の手に四斗俵を一ツずつぶらさげて土俵上を往来するという特技のせいである。

斎藤一座は女力士の数が多く、粒も技術も揃い、興行の手法に工夫があったから名声を博したが、女の日下開山《ひのした》となると、女相撲抜弁天《ヌケベンテン》大一座の花嵐にまさる者はない。体格も力の強さも比較にならなかった。

当時の女相撲は十五六貫から二十一二貫どまりであるが、女相撲だからデブで腕ッ節の強いのが力まかせに突きとばせば勝つにきまっていると思うのは早計である。斎藤一座は特に四十八手の錬磨にはげませたから、例の遠江灘オタケ二十一歳六ヶ月、五尺二寸四分二十一貫五百匁が歯力ならびに腕力抜群でも、実は西の横綱だった。東の横綱は富士山オヨシ二十六歳八ヶ月、五尺二寸五分、体重はただの十六貫二百である。体格の均斉ととのい、手練《てだれ》の手取り相撲。遠江灘オタケの重量も馬鹿力もその技術には歯が立たなかった。

ところが、抜弁天一座の花嵐オソメとなると、段が違う。十六の年から三十一まで十六年間一座の横綱をはり通して、女相撲の禁止令で仕方なく廃業したが、五尺七寸二分三十二貫五百匁。たしかにデブには相違ないが、骨格も逞しく、胸には赤銅の大釜のみがきあげた底をつけたようで、両の乳房も茶碗をふせたように形よくしまって、土俵姿は殊のほか見事であったという。同輩が押しても突いても動きもしない。あべこべにオソメがチョイと肩を押すと吹ッ飛ばされてしまう。草相撲で名を売った諸国のアンチャン関取もたいがい歯がたたなかったそうだ。

遠江灘オタケは口に二十七貫の土俵をくわえたそうだが、花嵐オソメにとってはそれぐらいお茶の子サイサイであったろう。しかし二俵も三俵もくわえて見せる方法がないから、口の芸当はやらなかった。

その代り、四斗俵を七ツまとめて背にかついだ。四俵をタテに、その上にヨコに三俵のせて縄でからげて背負う。一俵十五貫なら百五貫だが、戦後のカツギ屋風景を見ると小ッチャクて、ヤセッポチのお婆さんやオカミサンが二十貫ちかいような大荷物をかつぎあげてそろって潰れもせずに歩いているから、女の背中と腰骨は特別なのかも知れない。死んで焼くと男と同じタダの白骨には相違ないが、女骨プラス慾念の場合には何かと何かを化合すると特殊鋼ができるような化学作用をあらわすらしいや。

そうしてみると花嵐オソメさんもさほどのこともないかも知れんが、七俵をからげてヤッと背負う。縄を胸にガンジにからめて、両手に一俵ずつのオマケをぶらさげて土俵を五周十周もしてみる。これだけでオタチアイのドギモは存分に抜かれているのだが、その次ある事が余人の及ばぬ荒芸なのである。

土俵中央に立ちどまり、土をふんまえて呼吸をはかり、満身に力あふれて目玉に閃光がさした瞬間、

「ウウエーイッ」

ゴ、ゴ、ゴオーッと嵐が起って土俵上空を斬り狂う。腰の一と振りで七俵の四斗俵が縄をはずれて四方にとんだ。今やダラリとゆるんだ縄だけを胸にかけたオソメさんが、

何事もなかったように土俵中央に青眼の構え。つまり、背をまるめ、首を俯向け気味に、七俵を背負っていた時と同じ姿勢で青眼にハッタと構えているだけである。

かくて数秒。不動のうちに見栄がきまる。千両役者の芝居のようにいいところだ。オソメさんの両の手にはまだ一俵ずつ残っているのだが、今やこんなのメンドウくさいやと手のゴミを払うようにほうりだして、一礼して引きさがるという次第であった。

この花嵐オソメさんを一枚看板の抜弁天一座が、芝虎の門の琴平様の縁日をあてこんで五日前からかかっていた。

今ではすたれてしまったが、芝の琴平神社と人形町水天宮の縁日は東京随一の賑いであった。浅草の観音様や大鷲《おおとり》神社の賑いもこれには及ばなかったものである。琴平神社の縁日は毎月の十日であった。

縁日を間にはさんで前に五日後に七日と二週間ちかく興行したが、縁日の当日はとにかく、成績は上乗ではなかった。ストリップ的にうけている見せ物だから、花嵐の怪力の実績だけではうけなかったのである。

ところが一夜この小屋へ花嵐を誘いにきた若い女があった。夜目にハッキリは見えなかったが、上品なキリョウのよい女であったそうだ。

「ちょッとした座興のために花嵐をかりたいが」

と一夜十円という相当な高給で花嵐をつれだした。日中でもあんまり客足のない小屋だから、夜の興行は休んで死んだようにヒッソリしている。一座の親方も花嵐も大よろこびで応じてくれた。

土地不案内の上に暗闇で分らないが、歩いて二三十分ぐらい、静かな邸内へ案内された。空家のようにヒッソリと、無人の家だ。おスシのモテナシをうけ、刻限まで寝ていてかまわないと云われるままに、そこは全然無神経な女関取、グウグウねむる。何時ごろか分らないが、さッきの女に起された。

みちびかれるままに邸をでて、手をひかれて歩いた。あッちへ曲り、こッちへ曲りして立ち止ったところで女はチョウチンをかざして、ささやいた。

「この石を起してちょうだい。シッ！　声をだしちゃダメよ。唸り声をたててもダメ。これを上へ起すのよ」

大きな石だ。大の男が五人がかりでも動かせそうもない大石。花嵐はこの一ツしか特技がないのだから、力技と分ればあとはナニクソと大石に挑みかかって無我夢中。大地にくいこんだ大石をついに起してしまった。

「そのまま、ちょッと待って」

女はチョウチンの火を消した。そしてシャガミこんで何をしたか分らないが、やがてまたチョウチンをつけて、

「石を元通りにしてちょうだい。手荒らな音をたてず、静かにね」

満身の怪力を要する難事業だが、花嵐はこれもやりとげた。

再び女に手をとられて、あッちへ、コッちへとグルグル歩きまわったあげく、

「この石を背負うのよ。今度は、背負って、ちょッと歩いてちょうだいね」

これも相当な大石だが、さッきの石にくらべれば楽なもの。言われるままにそれを背負う。

二三十間歩いて、命じられた場所へ静かに石をおろした。また手をとってみちびかれてしばらく歩くうちに、大通りへでた。

「まッすぐ行くと虎の門よ」

と女が道を教えてくれて、別れた。

翌日、芝山内の山門の前、道のマンナカに大石が一ツころがっていた。酔ッ払った奴のイタズラではなさそうだ。二三十間はなれた道端の庚申塚の石だが、それをここまで

運ぶには大の男の四五人がかりで全力をあげてやっても危いような仕事だ。

「まさか天狗のイタズラでもあるまいが」

と、納所《なっしょ》坊主が寄り集って大ボヤキ。この大石をどかさないと、人が通れない。それを見て、どうかしましたか、と人が集る物見高さ。

「へえ、この石を、ねえ。オイ。天狗のイタズラだってよ」

というわけで、たまたまこれが女相撲の小屋まで伝わったから、それじゃア花嵐が妙な女にたのまれて動かしたのはその石かも知れないと気がついた。このことが口から口へと伝わって、

「花嵐が狐に化かされて何百貫の大石を芝山内へ持ちこんだそうだぜ」

と評判がたった。やがて珍聞の記事にもでた。そのときはもう女相撲の一行はこの土地をひきあげていた。そしてこの出来事は忘れられてしまったのである。

★

日本橋にチヂミ屋という呉服問屋があった。先代が死んで、ようやく四十九日がすぎたばかりというとき、小沼男爵が坂巻多門という生糸商人をつれてやってきた。

小沼男爵はチヂミ屋の当主久五郎（二十八）の女房政子（二十一）の父親だ。商人が男爵の娘をヨメにもらッたというのは当時としてもハシリであったが、先代にはそういうオッチョコチョイの気風があって、商家の内儀に男爵令嬢は当世風、商人もゆくゆくはコンパニーなんぞをやって外国風を用いなくちゃアいけねえなんぞとワケも分らずに福沢諭吉先生なんぞを尊敬したアゲクが倅《せがれ》に貧乏男爵の娘をヨメにもらってやった。

小沼男爵というのはさる大名の末の分家、石高一万か二万の小ッポケナ小大名で、先祖代々の貧乏大名。維新で領地を失うとその日から路頭に迷うようなシガない殿様であったが、忠臣や名家老の現れるようなハリアイのある大名じゃないから、主家と一しょに老臣も足軽も路頭に迷って、とる物はとり、ごまかす物はごまかしてしまうと、主人をおッぽりだしてみんなどこかへ行ってしまった。

小沼男爵の旧領の出身で東京へでて産をなしている筆頭がチヂミ屋だから、これに泣きついて借金を重ねたあげく、行末長く借金に事欠かぬ胸算用をたてて、娘をヨメにやった。

先代に輪をかけてオッチョコチョイの倅久五郎、英学塾へ学んで、諸事新式を心がけていたから、美人の男爵令嬢オーライであると諸然一笑して女房にもらったが、諸式に思想がちがって、夫婦生活は全然シックリしなかった。文明開化はこういうものであると心得ているせいか、甚だ不満なところもあるが、男爵令嬢たる女房の尻にしかれてマンザラでないような気持もあった。

父が死んで、自分の代になった。親ゆずりの稼業をつぐ者にとっては、これは最大の一転機である。親が死んだら、ということは物心ついての彼らの最大の仮定なのだから、このときから人間がガラリと変ってもフシギではない。オッチョコチョイの半生にもその時の含みをのこして色々の複雑な下地ができている。半生がその転機にそなえる下地のようなものでもあった。

小沼男爵が坂巻多門という生糸商人をつれてきて、

「この男はウチの家令の坂巻典六の兄に当るもので、身許は確かな人物だから、信用して話をきいてやってくれたまえ」

とひき合わした。

家令の坂巻典六は久五郎の父が要心していた曲者だった。貧乏華族を承知で仕えているのは大バカか、下心のある曲者か、どちらかにきまっていよう。そして見たところバカではないらしいから曲者だというのが、先代の商人らしい判断であったから、これという曲者の確証があるわけではない。

その兄だときいて、久五郎もひそかに要心は忘れなかった。多門の話はこうだった。

「昨年末以来、生糸が暴落に暴落を重ね、私は年末の今に比べれば相当の高値の時に多量に仕入れたために困っております。ところがペルメルという横浜の外国商人が百斤《きん》四百五十ドルの高値で三十五万斤という大量の契約を結びたいと申しているのですが、いかんせん、支払いが品物の引渡し完了の上、となっているので、私には手がでない。私の手もとには年末に仕入れたものが二十万斤あるのですが、あとの十五万斤を仕入れる金もないから、有利な契約と分りながらも手がだせないのです。私が年末に仕入れたときですら、百斤二百七十円、今では百八十円という大安値ですから、四百五十ドルなら大そうなモウケですが、貧乏人というものはみすみすモウケを知りながら見逃さざるを得ないというメグリアワセになりがちなものです」

そこで、あとの十五万斤を仕入れるモトデを貸してくれというタノミなら久五郎は一も二もなく拒絶の肚をきめて話をきいていた。

ところが多門の話はそうではなくて、自分はペルメルとの契約はあきらめるから、代りに久五郎が契約してはどうか。その代りに、自分の手もとにある二十万斤を今の値の百八十円ではなくて自分の買った当時の二百七十円で買ってもらえまいか。買い値で売れば自分のモウケはないようだが、その金で今の安値のものを仕入れて騰貴を待てば一応モウケはとれるから、というのである。

「横浜へ御案内しますから、ペルメルに会ってごらんなさいまし。支払いは品物引渡し後と云っても、困るのは貧乏人の私だけで、お金持のあなたなら、残りの十五万斤を百斤百八十円の安値でいくらでも買えるのですから、大モウケは目の前にぶら下っているのです」

本当なら耳よりな話だが、商家に育った久五郎、もとより口先一ツで信用はしない。とにかく横浜へ同行しましょうということになった。

ペルメルに会ってみると、話はたしかに確実で、多門の云った通りであった。

註文は三十五万斤で、百斤につき四百五十ドル。百斤ごとに一箱につめて、三千五百箱、その引渡しが全部完了の上で現金支払いをする。

「但し、ですね。日本人生糸商人、ずるい。箱の中に元結《モトユイ》つめる。もっと悪い人、石炭、鉄つめる。そして、百斤のうち十五斤、二十斤ごまかす。もしもそれしたら、一文も払いません」

ペルメルは要心深げに目を光らせてジッと久五郎の顔を観察して云った。即答をさけていったん久五郎は東京に戻った。そして調べてみると、生糸が暴落を重ねているのも事実であるし、日本の市価と関係のない金額で外国商人が取引するのも例のないことではなく、むしろ、それがあるために生糸貿易というものが巨大な利益をもたらす場合が多いということなどが分った。

そこで久五郎は内心大いによろこび、あとの要心は多門にだまされない分別だけであるから、彼と会って、

「あなたの買い値二百七十円は高すぎる。今の値は百八十円だから、二百円といきましょう。それでも四万円という大モウケではありませんか」

「ペルメルの契約を失う損にくらべれば、十万二十万のハシタ金は物の数ではありますまい。あなたにとっては、私に十万二十万もうけさせても、ノミに食われたぐらいのものじゃありませんか」

たしかにそうだが、理に屈して値切らないようでは商人で身は立たない。けれどもあとのモウケが確実ならばと久五郎も察して、二百五十円で手を打ってやった。その代りに、と久五郎はニッコリ笑って多門を見つめて、

「私の支払いも品物引渡し完了の後ですよ。ですから、明日にでもここへ品物が届き、中を改めて間違いなければ、即座に支払いします。一々中を改めた上で、ですよ。元結や石炭や鉄がつまっていてはペルメル氏同様私もこまることですから」

むろん多門も承知した。そしてあとの十五万斤は百八十円の時価で買ってくれることにきまった。

多門から二十万斤、百斤一箱で二千箱とどいたから一々中味を改めた上、五十万円支払った。これを横浜のペルメルに渡す。ペルメルも中を改めて、満足を表明した。八月末日までに品物の納入完了という契約であるが、早いほど良いからというペルメルのサイソクであった。

そこで久五郎は多門にあとの十五万斤をサイソクしたが、多門からは返事がない。久五郎は心配のあまり直接多門を訪れてサイソクすると、

「それが、あなた、ここまで暴落すると、一様に口惜しくなるのが人情で、歯をくいしばって手離しやしません。大ドコが思惑で買いつけてジッと待っているせいもあるらしいし、やがて騰貴も近かろうと皆が考えているわけですよ。ですから、あなた、私が手離した二十万斤を今の値で買いもどすこともできやしません」

「しかし、約束だから……」

「それはムリですよ。あなたが御自身で売り手を探してごらんになると分りますよ。暴落だ、安値だと云ったって、売り手がなくちゃア仕様がありませんよ。買うなら、高くつきます。そこが売り手の思うツボなんですよ。まかりまちがえば、無限に高くつきまさアね。相場はそうしたものですよ」

そこを日参し、拝み倒して、どうやら五万斤だけ二百二十円で買い集めてもらった。十日のうちにあとの十万斤がなんとかなりそうだという。十日といえば八月末日にほぼギリギリというところ。

それを当てにしていられないから、久五郎自身も産地へ走って、あッちで一万、コッちで三千と買い集めて、ようやく五万五千斤ほどまとめた。東京へ戻ってみると案の定多門からは梨のツブテ、十万斤の半分ぐらいはと踏んでいたのに、全然ダメだ。久五郎は泣きほろめいて多門を詰問しカケ合ったがダメの物は仕方がないから、ギリギリの八月末日に自分の買い集めた五万五千斤だけ横浜へ届けて、契約の期限は今日だが、あと十日だけ待ってくれ、残りの四万五千斤はそれまでに必ず納入するから、と懇願した。ペルメルはそれに返事をせずに新着の五万五千斤の中味を調べていたが、

「今度の品物は今までの二十五万斤の品物とは違う。今度のは全部クズ糸です。クズ糸を一部分まぜてごまかすこと、日本商人よくやる手です。それは契約違反である。契約書にも書いてあります。ところが、あなた今日もってきた五万五千斤は、クズ糸を一部まぜたものではない。全部が全部クズ糸だけです。あなたは私を外国人と思い、だます悪人ですね。今日のところは、もう、よろし。帰りなさい。そして、返事、まちなさい」

昔から生糸商人は生き馬の目をぬく商法をやりつけている。素人が買いつけに行くのは大マチガイの大ベラボーだ、何をつかまされるか分らないと相場がきまっている。だから、外国商人も生糸貿易には特に警戒して、これは甲州糸だ、島田の糸だ、上州糸だ、諏訪糸だ、前橋の玉糸だと一目で産地も見分けるぐらい知識を持っている。ましてクズ糸をつかまされるようなバカな外国商人は居なくなったが、久五郎は素人の悲しさクズ糸の見分けもつかなかった。

ペルメルは久五郎を契約違反で訴えた。約束の期限までに納入しなかったことと、五万五千斤のクズ糸をつかませようとしたカドによって、五十万ドルの罰金を要求した。裁判の結果、罰金二十万ドルでケリがついたが、納入の二十五万斤とクズ糸五万五千斤はただ取られで、一文の支払いも受けられない。

久五郎は生糸の買いつけのためにいろいろのタンポで借金までしていたのに、一文の支払いも要求できないどころか、二十万ドルの罰金まで取られることになっては、完全に破産であった。

どうあがいても、破産以外に辿る方法がなかったのである。

★

あとで聞いたところでは、ペルメルは生糸商人泣かせの札つきの悪者だったそうだ。日本の生糸商人のずるいのと相対的に、外国の生糸商人も悪いのが多かった。生糸貿易にかけては素人のフリをして、期限ぎれや、わざと粗悪品をつかまされるように仕向けて、契約違反で訴えて、品物はタダ取りの罰金はモウカルというモトデいらずの商法の大家が多かったのである。ペルメルもその一人だが、あるいは多門と組んでいたのではないかと考えられた。

ここに、おどろいたのは小沼男爵であった。むろん多門が久五郎を一パイはめてモウケルことは心得て、少からぬ割前をとって、多門を久五郎に紹介してやったのだ。多門の最初の利益十四万円の半分ぐらいの割前はとっていた。

しかし、久五郎が破産する結果になろうとは考えていない。チヂミ屋は彼の生活を保証する銀行みたいなものだから、これに破産されては元も子もなくなる。

小沼男爵の考えでは、さし当って多門がもうけ、つづいて久五郎がもうける。つまり多門の言葉を信用していたのである。そして久五郎がペルメルから全額支払いをうけて大モウケのあかつきにはタンマリ割前をとる胸算用であった。

意外の破産に驚いたが、こうなってしまえば仕方がない。彼は久五郎を面罵して、

「キサマはなんというマヌケのバカヤローだ。ヌケ作の破産者に男爵の娘が女房などとはもってのほかだから、つれて帰る。娘をキズモノにされたのは残念だが、財産がなくなっちゃア慰藉料もとれない。しかし、全然一文なしではあるまい。何かあるだろう。この離婚願いに印をおして、何かだせ」

一しょに来ていた男爵の長男周信、これが立派な身ナリをカンバンに悪事を商売にしているシタタカな男で、血も涙もない奴だから、

「タンポにはいってないのは芝の寮だけだ。日本橋の店も土地もそッくりタンポにとられているから仕様がないが、カケジや焼物なんぞに何かないかな」

ちゃんとタンポまで調べあげている。土蔵をひッかきまわしたが目ぼしい物もない。すると政子が、久五郎を睨み下して、

「この男はずるい悪党よ。破産して一文ナシだなんて世間には吹聴して、虎の子を肌身はなさず隠しているのよ。探してごらんなさい。身につけていなければ、どこかに隠しているのよ」

周信は逃げようとする久五郎にとびかかり、逆手をとって捩じふせ、妹と二人がかりで着物をはぐと、まさしく腹巻の中に五万円の札束がギッシリつまっていた。

「どうだい。ひどい野郎じゃないか。五万円も身につけて隠していやがる。気がつかなければ持って逃げるツモリだから、狡猾きわまる奴だ。これは政子の慰藉料には不足だが、その一部分にとっておく。何万斤という生糸を買いつける予定にしていたほどだから、人から借りた金にしても、モッと現金を隠していやがるのだろう。実にふざけた奴だ。お前は心当りを探してみよ」

「ええ。そういうインケンな男ですよ。シラッパクレて、コソコソと利口ぶったことをしたがるのよ。もしもそれに私たちが気がつかないと、私たちの後姿に舌をだして嘲笑うのよ」

兄と妹の家宅捜索は真剣そのものだった。むろん父の男爵もモウケルことで子供に劣るような人物ではないから、せッせと物色して目ぼしい物をかきあつめる。タンスのヒキダシは一ツ一ツ放り出す。ひッかきまわす。机のヒキダシも、押入れの中のものも放りだしてひッかきまわす始末であった。

久五郎の妹の小花（二十）が腹を立てて、兄をせめた。

「何をボンヤリしているのですか。他人にわが家をひッかきまわされて、ボンヤリ見ているオタンチンがあるものですか。追い返すことができないのですか」

「破産してしまえば、オレのウチも、オレの物もあるものか。踏みつけられるだけ踏みつけられるのをジッとこらえているだけがオレにのこされた人生なんだ。ジッとこらえるほかに、何ができるものか。一ツや二ツのことにジタバタしたって、オレが失った人生は取り返されやしない」

「破産したから離婚だの慰藉料をよこせだのと仕たい放題に振舞われても、刀をぬいて斬りつけることもできないのね。魂からの素町人のマヌケのイクジナシ。豆腐に頭をぶッて死んじまえ。こんな情けないマヌケのイクジナシが私の兄だなんて、まッぴらよ。私も離縁するから、そう思ってよ」

久五郎は長火鉢によりそって端坐して、人々のなすがままにまかせて放心しつづけていた。プンプンしている妹と同じ程度に、家宅捜査の親子三人組も真剣で気魄がこもっていてワキ目もふらない。

三四日のうちに用がなくなる番頭も女中も、もうこのウチの出来事なんぞはどうだってかまわない。考える必要は自分自身のことに限られたときまって、そッちの方が火事だろうと泥棒だろうと無関心という落ちつき方、たった一人、ハマ子というちょッと渋皮のむけて小股のきれあがった小娘の女中が、ニヤニヤと、主家の騒動がタノシミらしく、主人の前をスーと行ったり戻ったり、三人組の捜査隊の勤労の右側と左側を行ったり、戻ったり、なるほど見世物として眺めれば、タダとは云いながら興趣つきない味があろう。

どことなく不潔なような妙に情慾をそそる小娘だ。久五郎は冷い夫婦生活の中に居住してからというもの、なんとなくこの小娘に情慾をそそられていたが、生れつき男の誘いを待つことだけを一生の定めとしているような不潔な色気が、さて自分が破産しておちぶれてみると、不潔で卑しいどころか、自分よりも高貴でミズミズしくて清らかで利口にすら見えるから、改めて心をひかれた。

政子などという男爵令嬢はもうどうでもいいが、この小娘すら自分の手のとどかぬ存在となったのかと考えると、自分の人生は八方フサガリの感きわまるものがある。女房め、男爵め、周信め、妹め、と何を怒ったって始まりやしない。もしも真に何かを始めるとすれば、憎むべき奴らを叩ッ斬るのが総てだくらいは妹の奴めに云われなくッとも決まっている話じゃないか。しかし総てを失った奴が仇を叩き斬ってなんになるものか。

三人組は政子の調度類や分捕品をまとめて荷造りした。そして離婚の書類一式にそれぞれ久五郎に捺印させ、慰藉料として五万円その他の物品を支払うからそれでカンベンしてまけてくれという書類にもハンコを捺させた。むろん久五郎は今さら取り乱さずにハンコを捺した。

「フーム。落着き払っていやがるな。まだまだ相当の大金をどこかに隠してやがるに相違ない。由緒ある小沼男爵家の姫を傷物にして五万のハシタ金ではすまないが。これ。顔をあげろ」

周信は指で久五郎の額を押した。すると横からとびだしてその手をつかんで腹立ちまぎれに振りまわしたのは小花。

「兄さんに指一本ふれたら、私が承知しないわ。由緒ある小沼家とは何のことよ。生れつきの貧乏男爵。乞食男爵。イカサマ男爵。一家総勢力を合わせて人をだまして世渡りするのが先祖代々から伝わってきた家伝のイカサマ根性なのよ。乞食！　泥棒！　こう言われて怒れないのか。ヤイ、乞食男爵の倅」

「バカ！」

周信は小花の横ッ面に平手打ちをくらわせた。小花はワッと泣いてとびかかった。しかし、一突きで突きとばされて壁際まで素ッとばされてしまった。

すると、小花の素ッとんだところに小娘が立ってニコニコと見物している姿をようやく人々は発見した。主家の娘が自分の足もとへ素ッとんできてころがったが、この小娘は介抱なんぞする気配はまったくない。あんまり面白そうに眺めている顔だから、

「なんだ、キサマは？」

と周信が睨みつけたが、小娘は平然たるもの。周信の睨みの威力はてんで小娘の上に及びがたいらしく、小娘の珍しそうな笑い顔にはミジンも変化が起らない。政子は憎らしがって、

「ここの女中よ。薄汚い、助平ッたらしい小娘ねえ。あの男はこの小娘に気があるの

よ。ちょうど似合っているのよ」

ハマ子は珍しそうに目を上げて、感心したように政子の顔を眺めた。政子はいかにもバカにされたように感じたらしく、

「あっちへ行って！　女中の分際で勝手に茶の間へきて立っているのは失礼よ」

ハマ子はさらに感心したらしく政子に見とれていたが、やがて念仏か呪文でも唱えるように、

「立ってお預けチンチンは乞食男爵だけ」

ニッコリとイヤに色ッぽく笑って、ふりむいて、立ち去った。大横綱と取的の勝負のように、てんで問題にならない。乞食男爵の正体バクロして一族三名小娘に投げとばされたように見えた。

「それ。人足をよんで、荷を運ばせろ」

周信はいまいましげに政子に目くばせして云った。荷車をひいた人足をつれて来ているから、ただちに積み込みがはじまる。周信は積み荷に一々視線をくばりながら、政子に向って、

「オイ。オレのあれはどこへ包んだ？　マチガイなくあるだろうな」

「私の着物類と一しょに、この包みの中」

「どれ？」

周信は中を改めていたが顔色が変った。

「ないじゃないか」

「どうして？　アラ、ほんと。ないわ」

「たしかにこの中へ入れたのか」

「いいえ、これと一しょにタンスへ入れておいたのよ。その中のものをそッくり一包みにしたから、この中にある筈だと思うんだけど」

「じゃア目で確めてみなかったのか」

「このフロシキをひろげた上へタンスのヒキダシを順にぶちまけただけよ。そしてそのまま包みを造ったんですから、こぼれる筈はなし、有るものと信じていたわ」

「きっとそのタンスか」

「まちがいないわ」

どう探してもそれが見当らないと分ると、周信の顔色の変りよう、一気にして不安におののく野獣のような落着きのない挙動に変った。いっぺん積み込んだものを引きずり下して、全部改めてみたが、更に奥の部屋々々へ走り、政子に指図して、あれを倒し、これをひろげ、ひッくり返したり、まくってみたり、タタミが帳面のようにめくれるものなら、それすらもタンネンにめくりかねないほど気ちがいじみていた。

「畜生め！　あれを盗んだのは誰だ。今に思い知らしてやる！」

ついに盗まれたと断定して、家の者全員を一室にカンキンして、家の中を全部しらべたが、どこからも目当ての物は出なかった。いッぺん調べた部屋も安心できないらしく、引返したり、走り去ったり、上を改め下をくぐり、邸内くまなく調べたが、ついになかった。全員の身体検査もムダであった。

「人に盗まれる筈のないものだと思うが、お前の記憶ちがいじゃないか」

こう云われて政子は気色ばみ、あわや兄妹の喧嘩になりかける形勢に、年功の周信、これはマズイと悟ったらしく、にわかに切りあげて、三人組は荷車と一しょに引き上げてしまったのである。

★

久五郎と小花は今はのこされた唯一のもの、芝の寮へ移りすんだ。女中のハマ子だけ

が、自分の荷物をぶらさげて一しょについてきた。女中はいらないからと小花がことわったが、

「いいわよ。タダで働いてあげるわ。私の食費もだしていいわ。気が変れば、どこかへ行っちゃうから、それまで置いてね」

もう友達同士のような口をきいて、なれなれしいものだ。見たところ十六七の小娘に見えるが、実は二十二、小花よりも二ツも年長なのだ。すでに友達と見たせいか、本当の年齢を打ちあけた。

「二十二だって！　お前、奉公のとき十七ッて云ったじゃないの」

「へへ」

「いやらしいウソつきね。じゃア子供を三人ぐらい生んでるのでしょう」

「そうは見えないでしょうねえ」

と落着き払ったものである。小娘だと思っていたときはフテブテしいイヤらしいところが目立って見えたが、本当の齢を知ってみると、それもうなずける。それになんとなく頼もしい感じもするから、総てのものに見放されて孤立してしまったような境遇にハマの存在は力づよく思われもした。兄と妙なことになりそうな不安はあるが、破産した

今となっては、あのマヌケのオタンチン野郎に不足の女房ですらもないらしいではないか。

ところが寮へ移ったその晩から、久五郎とハマは誰はばからぬ夫婦生活である。小花は腹にすえかねて、

「なんて悪党なのよ、あんた方は。昨日まで私をだまして何食わぬ顔はどういう意味？私は他人だというわけなのね」

「そうじゃないよ。オレとハマがこうなったのはだいたいのところ昨日からで……」

久五郎はてれたのかモグモグと言葉をにごした。

「ウソですよ。私だって子供じゃないわ。昨日からの仲でないぐらいは、昨晩の様子で分りますよ」

「それがその以心伝心なんだな。オレが思い、アレが思い、たがいにそれがここに移り住んでピッタリ分ったから年来の仲のように打ちとけたのだが」

と久五郎は赤くなって口ごもった。ハマは黙々とニヤついて、悠々たるもの。やがて久五郎はわびしく苦笑して、

「しかし、お前もオレに隠して乞食男爵の倅とできていたじゃないか」

小花はグッと胸にこたえたらしいが、

「兄さんは知っていたの？」

「イヤ。先日、お前と周信が奥の一室で言い争っているのを偶然きいてしまったのだ」

小花はまッかになった。

「こんなふうになるらしい予感もあったし、羞しくッて隠していたのです。あの人にだまされたのは私ばかりじゃないわ。モッと身分の高い人も、その他、大勢いるのよ」

「誰だい？　身分の高い人とは？」

「云っちゃ、いけなくッてよ。あの人がウッカリ私に威張って教えただけの秘事だもの。男ッて、そんなことまで偉そうに言ってきかせたがるのね。でも、羞しいわね。兄さんに聞かれたなんて」

「ナニ、ハマ子もきいていたぜ」

「じゃア、あなた方は隣室でアイビキしていたのね」

「あの最中にアイビキなんぞできるものか。オレがふと気がついたら、猫のように音もなく、ハマ子が傍に立っていたのだ。まア、以心伝心はそのせいかも知れないな」

と久五郎は赤くなって口ごもった。バカのように満悦の態がイヤらしかったから、小花は癪にさわって庭へとびだした。

しかし、この侘び住居も安住の地ではないらしかった。どうやら新しい生活になれそめたころ、乞食男爵の三人組がそろって姿を現して、

「隠し持った品々オタカラの類をそろそろ取りだしたころではないかい。ちょッと探させてもらうから一室へ集まってもらうぜ。先の書附にも慰藉料の一部分として五万円とこれこれの品を受けとったとチャンと書いてある通り、残りの分をもらう権利があるのだから仕方がない。この家屋敷をそッくり貰うこともできらアな」

半日がかりで邸内クマなく探しまわった。店の方から持参の日用品とガラクタの類しか現れないが、身体検査で再び久五郎の懐中から三千円なにがしを発見して、

「隠すより現るるはなし、じゃないか。先日の家捜しの時にはなかった三千円だ。してみれば、まだまだ、あるな」

ジロリと睨んで、三千円を懐中に入れた。彼らは立ち去りかけたが、まだミレンがあるらしく、隣室でごてついて、

「やっぱり、ここにはないのよ」

「じゃア、どこだ?」

「典六。薄々感づいているのは、アレだけよ」

「フム」

周信は考えこんでいるらしかったが、

「典六が最後にチヂミ屋へ行ったのは、いつのことだ」

「いつが最後とは覚えがないけど、ウチの用でチョイチョイ来ていたわ」

「チョイチョイ行くようなウチの用がありやしないじゃないか」

「フフ。私に用があったのさ。私のプライベートな部屋へ。今だから、申上げますけど、そんなわけよ。それぐらいのイタズラせずに、あんな埃ッぽいウチに住んでられやしないわよ」

「バカ！」

周信の怒気は意外にも噛みつかんばかり真剣だった。

「キサマ、典六に喋ったな」

「いいえ。それだけは信じてちょうだい。典六なんか道具だと思ってるだけだもの」

政子は冷く言い放った。彼らが本当に立ち去ると、小花は溜息をもらした。

「怖しい人たちね。姉さんが坂巻をひきいれてそんなことしていたのを、兄さんは知らなかったの」

「知らぬは亭主ばかり」

憮然と言葉もない久五郎の代りに、ハマ子がつぶやいた。

「じゃア、女中たちは知っていた？」

「ええ、薄々は。本当に見たのは私だけかも知れないけど」

「あんたという人は跫音《あしおと》がないのね。薄気味がわるい！」

「そうかしら」

ハマ子は上を向いてフッフと笑った。小花は見るもの聞くもの癪にさわらざるはない無念の思い満ち溢れて、

「ねえ、兄さん。乞食男爵一味が狙ってるように、たしかにナイショでお金を隠しておいてるのね。あの五万円といい、今度の三千円といい、あの人たちの云うように、本当はない筈のお金じゃありませんか。それに、私まで貧乏のマキゾエを食わせておいて、私にナイショのお金を隠しておくなんて、卑怯千万だわ。隠したお金をだしなさいよ。その半分は私に下さるのが当然よ。それを持ってこのウチを出るわ。あなた方のオツキアイは、もうタクサンよ。隠したお金をだしてちょうだい」

「隠したお金なんて、もうないよ」

久五郎は赤らんでうつむいて、羞しそうに云った。小花は怒った。

「ウソです。隠したお金がなければ、兄さんの性分で、そんなに落着いていられる筈はありません。兄さんは、ずるい人ねえ。昔からその正体は感じていたけど、今まではそのたびに否定しようと努めていたのよ。とても利己的で、冷酷なのねえ。そして、とても陰険そのものよ。乞食男爵のような悪党一味だって、一家族の者だけは腹をうちあけて助け合ってるわ。兄さんは、親兄弟をも裏切って自分一人の利益だけはかる人よ。そしてウワベには色にも見せずに、いろいろな企みができる人ねえ。怖しい悪党よ。生れながらにずるくッて、一見薄ッペラなトンマな坊ちゃんらしい外見を利用する本能まで授ってる人だわ。顔をあからめて口ごもるんだって、生れつき授ってる手じゃないの。もうそんなことで、だまされないわ。私だって、いずれ、家探しするわよ。当り前よ。顔をあからめてごまかす代りに、せめて、マキゾエにしてスミマセン、ぐらいの口上でも述べたら、どう？　むろん口上ぐらいで、許せないわ。兄さんは乞食になっても、私の生活を保証する義務があるわよ。我利々々のダマシ屋の卑怯ミレンなイカサマ師だわねえ」

小花は喚きたてたが、久五郎が例の生れながらに授った手という奴で、うなだれて、よわよわしげに侘びしい笑いを浮かべている様子を見ると、ノレンにスネ押しと思ったか、プイと立って外へとびだした。

そして、どういうことが起ったのか、そのまま家へ戻らなかった。陰鬱な隠遁者夫婦は妹の行方を探したり捜査をねがったりするような生き生きと希望のある人生に縁を絶たれた心境だから、それをそのままほッたらかしておいたのは自然なことでもあった。

★

それから二ヶ月ちかくすぎた日、周信がたった一人ものすごい剣幕でのりこんできて、

「貴様ら、まだ品物を隠しているな。オレには見透しだ。みんな分っているのだ。今度こそは許さぬ。明日は早朝から、何十人の大工やトビの者をつれてきて、天井の板も、ネダも、羽目板もひッぺがして家探しするから、そのツモリでいろ。今度こそは洗いざらい、隠しものを一ツあまさず、見つけだして取りあげてやる。ハダカにして尻の穴まで改めてやるから、風呂につかって垢を落しておけ」

大入道が火焔にまかれて唸っているような怖しい剣幕でがなりたてて、土を踏みやぶるように跫音あらく戻って行った。

せっかくの世捨人も、これでは世を捨てて暮せないから、額をあつめて、

「どうしたらいいでしょうね」

「仕方がない。アイツがああ云った上は、明早朝やってきて尻の穴まで改めるに相違ないから、垢のあるのが羞しいと思ったら一風呂あびてくるがよかろう」

「冗談ではすまないわよ」

世捨人たちはぜひなく明早朝を期していたが、夕方になっても、大工もトビも現れないし、周信も姿を見せない。翌日も、その翌日も、十日すぎ、一月すぎても尻の穴を改めにやってこない。人の骨までシャブル悪党にしては珍しいことだと思いつつ、日ごと怖しい訪れを待つ気持も次第に薄れて二月すぎた。

周信が現れないも道理、彼は失踪して行方不明であった。二ヶ月とは余りのことだから、父の男爵から捜査ねがいがでる。相手が男爵家だから疎略にもできず、一人の巡査が命令をうけて、彼と交渉のあった友人縁者片ッぱしから廻る役を仰せつかい、やがて世捨人夫婦のところへも訪問の順がまわってきた。なるほど行方不明なら現れないわけ

だ。しかし、あの怖しい鬼のような男がまさか人に殺される筈はあるまいから、人に顔を見せられないような悪事にとりかかり中かも知れない。しかしウカツに鬼の悪口を言いたてると後日のタタリが怖しいから、当りさわりのないことだけ云っておいた。

「小沼周信という人に、たとえば不良仲間の仇敵というような相手はおりませんかな」

「私たちはあの人のその方面の生活には無関係ですが」

「なるほど。つまり、御当家は小沼氏の妹のお聟さん。離婚はなさッたが、以前はそのお聟さんでしたな。まア昨年まで小沼家と最も親しい御当家ですから、何かお心当りはありませんか。たとえば、恋人というような婦人関係……」

久五郎は妹のことを思いだして、むろんこれは言うべき筋ではないときめたが、思えば無頼漢の周信の失踪すらも巡査が探しまわるぐらいなら、妹の失踪を誰かが探してもフシギはない。

「どうも、恋人の心当りなんぞは、親類ヅキアイというウワッツラの交際だけでは皆目知れるものではありません。これは小沼周信氏に関係あることではありませんが、実は当家でも妹が失踪して行方が分らなくて困っております」

こう打ち明けたことから、ここに改めて小花の失踪も問題となり、こうなると誰しも一応周信と小花を結びつけた考えもしてみたいのが当然で、二人の結び目を辿ってみると意外なことが分ってきた。

それが分ったのは政子の口からで、ヘエ、あの女の子も失踪中ですか、と政子は意外な面持であれかれと考えたすえ、

「そうねえ。兄と小花さんは一時関係のあったこともあるけど、恋人というほどではないわね。チヂミ屋が没落しなければあるいは結婚したかも知れないけど。それは私の結婚と同じように処世的、形式的なものね。華族と平民の結婚ですもの、ですから、この二人が駈け落ちするなんてことはバカらしい考えですし、他の何かの理由で兄があの人を誘いだして失踪する場合も考えられませんね。二人の行方不明は無関係よ。小花さんは家が没落して暮し向きが不自由だから、大方インバイにでもなったんでしょう」

こういう話だ。政子は本当のところをズケズケ云ってるのだが、警察の方では男女関係アリとくれば、さてこそと二人を堅く結びつけて考えはじめるのも理の当然。そこで二人を結びつけ、小沼家とチヂミ屋を結びつけて洗って行くと、両家の関係、チヂミ屋の悲運や、小沼男爵一族の悪魔的な素行の数々も分ってきた。そこまで分ったが、それと失踪と結びつくものが見当らない。

政子は上級の警官の密々の訪問をうけて、兄の私行について突ッこんだ質問をうけた。その質問をきくと、兄の悪行の九割までチャンと調査ずみと判定されたから、もうこの上は何を隠すにも及ばないと結論し、この失踪に関係アリと信ずべき最大の秘密をきりだした。

「失踪の手ヅルがあるかも知れない心当りは一ツしかないのですが、そこへ私をつれて行って下さい。しかし、約束して下さい。あなた方は自分勝手に調べてはいけませんよ。私とそこのウチのある人とを秘密に会見させていただきたいのです。横から口をだしさえしなければ、皆さんが立会ってもかまいません」

「事情が分ればそれも結構ですが、それはなんというウチですか」

「羽黒公爵家。私の会いたいお方は、公爵家の御曹子英高氏夫人元子さま。もとは浅馬伯爵家の令嬢で、女学校では私の上級生、私を妹のように可愛がって下さった姫君でした」

大変な名が現れてきた。羽黒公爵家は日本有数の大名門。うかつに警官の近づける家ではない。けれども政子の申出であるから、上司に報告し、慎重に協議の上、しかるべき私服を一人政子のお供につけて、両婦人の会見に立会わせることにした。

羽黒元子夫人への政子からの面会を申しこむ。そのとき、ひょッと顔を見せた羽黒家の女中の一人を認めると、アッと叫びをあげて、政子の顔色が変ってしまった。

「どうしたのですか」

「奇妙なことになったわ。わけが分らなくなったのよ。ちょッと考えさせて……」

甚だしく意外におどろきはてた顔色。すると、女中の方でも政子の訪れに気がついて、一時は隠れたが、やがて心をきめてきたらしく、静かに姿を現した。そして、するどい語気で言った。

「私をかぎつけて来たのね？」

「いいえ。若夫人元子さまにお目にかかりに。女中のあなたは退っていなさい」

女中は政子を睨みつけて消えた。同行の私服はタダならぬ気配におどろき、

「あの女中とはお知り合いですか」

「チヂミ屋の娘、小花」

胸の怒りを叩きつけるように、政子は答えた。意外にも、失踪の小花であった。

元子夫人は突然の訪問にその日の面会を拒絶し、二三日中に知らせをあげるから、改めてお目にかかりましょう、その日をたのしみに致しておりますという侍女からの返事

であった。

★

意外なことになった上に、事件の正体が益々雲をつかむようだから、この役は紳士探偵新十郎が適任だと一決して、その日のうちに古田巡査が新十郎にこの旨を伝えた。

会見の日時の通知が元子夫人から届いたので、政子に同行して、新十郎は羽黒公爵邸へ赴き、会見に立ち会った。むろん機敏な新十郎は、警察が調べた以上に多くのことをその日までに調べておいたが、公爵邸の会見で知り得たことは、外部からでは調査の届きがたい意外千万な秘密であった。

政子の質問はこう始まった。

「まだ兄からの脅迫状を受けとっておいでですか」

「受けております」

「最近はいつごろ？」

「三週間ほど前のほぼ二タ月もしくは一ヶ月に一度の割で受けております」

「要求の金額ひきかえに、秘密の品物は常にまちがいなく受け取られましたか」

「まちがいなく受けとっております」

「元子さまから兄へ当てて重ねて要求あそばした提案があるにも拘らず、それと無関係な脅迫がつづいているのをフシギに思いあそばしたことはございませんか」

「悪事をなさるお方のフルマイに筋目が立たないからとフシギがるほど子供でもございません」

「兄は三ヶ月前から行方不明ですが、それでも脅迫がつづいておりますね」

「行方不明のお方は他人を脅迫なさることができないと仰有《おつしや》るのですか」

「兄は半年ほど前から、元子さまを脅迫すべき秘密の品物の包みを失っているのです。それにも拘らず脅迫はくりかえされ、元子さまは金と引き換えに秘密の品を入手していらッしゃるのです。すると……」

「どなたの手に品物があるにしても、私にとっては同じことです」

「そうでしょうか」

政子はちょッと考えていたが、

「当家でハナ子とおよびの女中はいつから働いておりますか」

「当てにならない記憶ですが、三四ヶ月、四五ヶ月ぐらい以前からかも知れません」

「女中の身許を御存知でしょうか」

「当家の者の中にそれを存じてる者が他におりましょう。杉山さんのお話では、当家出入りの呉服商人が身許を保証して頼んだものとか承わっております」

「杉山さんとは？」

「私の御相談相手の御老女」

「出入りの呉服商とは、日本橋の伊勢屋？」

「そうです」

「たぶんそうと思いました。あの女中は日本橋の呉服問屋チヂミ屋の娘小花と申す者で、一度は私の妹でした。なぜなら、半年以前まで、私はチヂミ屋の総領のおヨメでしたから。小花さんは同じ町内の伊勢屋の娘とは同窓で、特別親しいお友だちでした。そして半年前までは、ひょッとすると小花さんが兄のおヨメになるかも知れない人でした。私がチヂミ屋の総領と結婚した理由と同じように、チヂミ屋の財産と私の生家と濃いツナガリをもつ必要のためにです。天下名題《なだい》の貧乏男爵家ですから。ですが私の結婚だけでほぼ事足りていたようですから、兄は結婚の気持もなかったかも知れません。チヂミ屋は半年前に没落しましたから私は離婚を命じられましたし、兄は申すまでもなく結婚いたしませんでしたから、結果は兄の本心通りに現れたと申せましょう。もともと手近かに在るから手をだして弄んでいただけなのです。小花さんがなぜ御当家を選んで女中となったか、なにかフシギなツナガリはございません？」

話の途中から元子夫人の美しい顔が蒼ざめて、はげしい衝撃のために、身のふるえの起るのが認められた。

政子のきびしい視線は、そのいたましい様を見てたじろぐことがなかった。そして猟犬がクサムラをわけて突き進むような鋭い追求の語気をはり、

「脅迫の手紙の文字や文章の変化にお気がつきませんでしたか」

「それを疑う理由がありましょうか。脅迫をうける私の身には、悪い人の片目を思いだすのも怖しいばかりです」

「新しい脅迫状を見せて下さい」

「用がすみ次第、地上に跡形も残らぬようにと、目をそむけ、目をつぶりながら、ですがイノチをこめてタンネンに焼きすてております。もう、何も訊いて下さいますな。そのような怖しいことを。もう、一切……」

元子夫人の声はシドロモドロとなり、フラフラと立ち上った。気をとり直して、必死

に力をこめて、直立した。そして、やがて静かな別れの一礼を政子に与えて歩きかけようとしたが気をとり直して新十郎の方へ一足すすんで、

「結城新十郎さまと仰有いましたね」

「左様でございます。探偵とは正義のために戦うことを務めとし、いかなる人々の秘密をも身命にかえて守ることを誇りと致す者です」

「改めてお目にかからせていただくことが御不快ではございませんでしょうか」

「いいえ、その御懸念はアベコベです。私から奥様にいつか再びお目にかからせていただく申出が無礼に当りはしないかと実は気にやんで差し控えておりましたのです」

「ぜひともお目にかからせていただきとうございます」

「小沼さまをお宅までお送り致すと、そのあとはずッと約束も予定もございません」

「私にはお構いなく。美男子の紳士探偵さん。公爵家の美しい若夫人とお似合いよ」

政子は大声で言いたてながら立上った。それを見て政子を送るのを無意味とさとってか、新十郎は軽快に応じて、

「私の半可通の紳士ぶりがおキライのようですね。我ながら悪趣味と見立てていますよ。今後あなたにつきあっていただく時は、本性通りの三百代言の風体に致しましょ

う。しかし、あなたの御本心は、素性正しいホンモノ紳士ならばお好きのようですね」

「お気の毒さま。心底から、紳士大キライ。貴婦人大キライ。私がタンテイをカモにするときは、お涙でも、お色気でもないわね。ピストルか短刀よ。サヨナラ」

と言いすてて政子は二人にふり向きもせずサッソウととび去った。

★

元子が周信の脅迫をうけているのは、公爵との結婚前に周信と恋を語らった秘密の時期があるせいだった。女学校時代、元子は年少政子を特殊な愛情でいたわる親しい関係にあったために兄の周信とも知りあい、彼の巧妙な口説のトリコとなって一時は身も心もささげたことがあった。愚かではあるが、夢のような時代だ。そして、そのころ胸の思いをせッせと書き送った周信への手紙が、今や脅迫の原料に用いられていたのだ。周信の御親切な報告によると、それは合計して百十数通にも及んでいるそうだ。

周信から脅迫状のたびに指定の場所へ使者を差し向けて、一通二千円でひきかえる。いつも一通ずつだった。こうして大方十五六通は買い戻したであろう。生れたときから十一二まで乳母として附きそってくれた杉山シノブという老女が公爵家での新婚生活を案じて婚家へついてきてくれた。それが脅迫の秘密をうちあけた唯一の相談相手で、お金を渡す使者の役目も果してくれるのだが、二千円の金策では例外なく苦労がつきまとい、いつも二人の胸をいためる問題だった。

いっそ全部一まとめに売ってくれさえすれば、十万円でも二十万円でも構わない。一時の恥をしのんで生母にすがる勇気があれば、金額の多少なぞはさしたる問題ではなかろう。この方がむしろ苦痛を早めに救う策と思われたから、その旨を周信にたびたび提案した手紙を送ったが、周信はその提案をうけつけてくれなかった。一とまとめでは味もタノシミもないし、第一、全部一とまとめに渡すとなると、とかく善人どもという奴、策をかまえて、手紙の束をまきあげておいて引き換えの金をくれないことが起りがちだが、一束そっくりまきあげられて残りの証拠がないから、もうインネンがつけられない。左様なわけで、まアせいぜい一通ずつ末長くオツキアイ致しましょう、というような憎らしい返事であった。

この秘密を人にうちあけることができるなら、すべての人々に打ちあけて救いを乞いたいような気持であった。新十郎との再会をねがったのも、救いの力がほしい一念のせいだ。しかし元子は怖い悲しいの思いで、脅迫状も半分目をつぶって走り読みにするほどだから、新十郎の機密を要する問いに答えて手ガカリを与えてくれる役には立たない。

新十郎は元子を慰め、必ずや近く朗報の訪れがあるでしょうと力を与えて、老女杉山に会った。

「手紙とお金の引き換えの方法は？」

「指定の場所も方法もあちらの代人も一通ごとに変っているのです。周信自身が現れたことはなく、代人は時に流し三味線の女だったり、車夫だったりで、二度と同じ者が現れたことはありません」

「脅迫状を読んで、筆者の変化にお気づきではありませんか」

「そんなことがあろうとは思わなかったせいか、ついぞ気づいたことはございません。手紙の文面を頭にたたみこむと直ちに焼きすてることを急ぎも致します」

「脅迫状がだいたい何月何日ごろに到着したか分りませんか」

「それは私の日記に、人様には分らぬ符号でみんな印してありますから調べてお知らせ致しましょう」

「それは実に幸運でした。私の仕事では、そのようなちょッとしたことから春の訪れを見る例が多いのですよ。最後に一ツだけ、特にメンミツに本当の事実を思いだして教えていただきたいのですが、若奥様とあなたのほか、もしや他のどなたかにふとこの秘密を口外なさったことはございませんでしたか。それを慎重に思いだしていただきたいのですが」

「他に一人だけ、たしかに、私が口外いたしました。私の一子で、杉山一正と申します。手紙とお金との引き換えの使命を無事果すのが不安のために伜に同行護衛をもとめたのが事の起りですが、わが子の自慢とお笑いかも知れませんが、親の慾目ながらも、これにまさる頼もしい男の心当りもなく、秘密をうちあけて裏切ることのない心当りの者も他にないと思い定めたすえに、生活の幅も目の届く幅もせまい女の判断ではありますが、わが子一正にだけは秘密のあらましをうちあけてしまったのです。まさか母を裏切ることがあろうとは信じられませんが」

「杉山一正と仰有るのは、拳法体術の達人と名の高い杉山先生ですか」

「その杉山一正です」

「立派な御子息をお持ちでお幸せですね。先生は御人格の高さでも有名なお方ですね」

日記を調べて脅迫状到着の日附の書附をもらい、最後に小花に会った。これも美人だ

が、いかにもきかぬ気の、気象のはげしさが人相にうかがわれる娘。元子夫人が直々に、

「結城さまには私から御依頼した筋があるのですから、何事もつつまず御返事して下さるように頼みます」

と言葉をかけてくれたから、対談はスラスラと、彼女の家出に至るまでのテンマツは私がすでにお話し致したところだが、それとほぼ同じことを逐一物語ってくれた。

「あなたが当家へ住みこんだにはワケがあろうと思われますが、それを語っていただけませんか」

「案外単純な理由だけです。自活の必要にせまられたこと、自活の途は女中奉公ぐらいしか思い当らなかったこと、女中になるなら御当家なぞへと思った程度のことからです。御当家の若奥様が私に似たお気の毒なギセイ者のお一人だとは周信さんから承わったことがありましたのでそれが心にしみてもいましたが、どうせ奉公するなら大家にかぎるとの考えで、大家と申せば今までの行きがかりのせいで心当りの筆頭にはまず御当家を思いだしも致しましょう。御当家がたまたま私が身をよせた伊勢屋さんのオトクイ様ときいて、益々なつかしく、御当家ならばね、とふと希望をもらしたのが案外にも本

当の話になったのでした」

「御当家へ奉公ののち、周信さんの話の通り若夫人がたしかに彼の昔の恋人だと思い当るようなことが有りましたか」

「それはついぞありませんでした。お側近くお仕えしたことがめッたにありませんでしたし、直接のお言葉をいただく例もまずなかったと申してよろしいほどですから」

「兄上とハマ子さんとは寮へ引き移るまでは特に親しい素振りがなかったのですね」

「主人と女中の関係以上に親しいという素振りはついぞ気づかなかったのです。私のウカツかも知れません。奥の間で私と周信さんの言い争っているのを兄さんと一しょにハマ子もきいたと申しているのですから、私の気づかなかったのがフシギだったのかも知れません」

「その奥の隣室には、兄さんはともかく、女中が勝手にふみこむイワレがないと仰有る意味ですね」

「女中が勝手に来ていけない部屋とは申しませんが、男主人がそこに居ると知りながら、御用でよばれたワケではないのに奥の部屋へ参るのは不審です。ハマ子が単に女中ならば主人の姿を見て振向いて戻ったでしょう。もっとも当日のハマ子はウロウロと面白そうに諸方の部屋々々の騒ぎを見物に歩き廻ってはいましたが」

「奥の部屋まで見物にでかけるような特に変ったことはなかったのですね」

「私と周信さんとが奥の部屋へ姿を消したのに気がついて、それを見物に近づいたのかも知れません。また兄さんも私たちの立聞きが目的かも知れませんね。小心で何もできないお坊ッちゃんに見え、またそのようなフリをして見せることが本能のような兄ですが、実は立聞きだの、隠し物だのと、人の目を盗むことにかけてはとても素ばしこくて天才的な術にめぐまれているのです。その早業を見破られて後の処置にも天分があって無限にそらとぼけて、ただなんとなく顔をあからめて世なれない坊ちゃんらしくゴマカシおおす手法なんぞ、みんな生れつきの本性なんです」

「あなたは日記をつけていますか」

「いいえ。つけたことがありません。ですが特に変った出来事の日附でしたら、日記につけずに頭に記憶しておく程度の代用のハタラキは持ち合わせております」

「例えばこの半年に起った大変化のうちで、どのような出来事の日附を覚えていますか」

「たとえば、小沼家の方々が政子さんを離婚させて連れて戻るために乗りこんできて、ドッタンバッタン家中を引ッかきまわして荷づくりして引き払った出来事が十二月十七日。また私と周信さんが言い争ったのもその日です。周信さんが土蔵へ目ぼしい品物を物色にでかける姿を認めたものですから、引き止めて、奥の間へ誘って詰問し、言い争ったのです。その日はせつない日、口惜しい日、そのために忘れられない日でした。十二月二十二日には、兄と私とハマ子と三名、寮へ引越し。一月の十三日に、小沼家の親子三名が寮へ現れて、そろそろ新居に落ちついて隠し物もとりだしたころだろうと憎いことを言いながら家探しの日。家探しの三人が帰ったあとで、私は兄さんと争って寮をとびだしました。家出の記念日です。その日から伊勢屋さんが親切にひきとめてくれるままにズルズルとお世話になって、一月二十八日に御当家へ奉公にあがりました。ざッとこんなことがこの半年の私の大きな出来事でした」

「ではあなたに代って私がそれを文字の日記にしるしておきましょう」

と、新十郎は日附と出来事とを書きとめ、さて元子夫人にイトマ乞いして、

「脅迫状がきましたらイの一番に私に知らせて下さい」

とたのんで別れをつげた。

さてその足で久五郎ハマ子の侘び住居を訪れた。世捨人だから言うまでもなく日記もつけていないし、俗事について多く語ることも好まない。何をきいても手応えがなくて手こずった。小花から聞き得た限りの共同の生活中の出来事をたよりにこんなことが有りましたねときくと、そう、そんなこともあったようだ、たしかに、というような返答ぶり。

「いつぞや周信さんたちが凄い剣幕で家探しに現れたそうですが」

「そうでしたッけなア。そう。そうでしたなア。明朝大工とトビをつれてきて天井もハメもネダもひッぺがして人間の尻の穴も改めてやるから待ってろなんて、あの時は、私たちふるえあがりましたっけ」

「それはいつごろのことでしたか」

「さア、春さきの陽気になりかけたころ、三月か四月ごろかなア」

「小花さんの失踪後ですね」

「そうだね。小花はそのときは居りません。なぜってお互の尻の穴を心配し合ったのはたしかに私たち夫婦二人だけ。ほかにお尻がなかったんだねえ。ところが案じたほどのこともありませんでした」

「お尻の穴は無事でしたね」

「いえ、周信ほどの悪党が堅く約束しておきながら現れなかったのです。そしていまだに現れません」

「明朝の大捜査をふれにきたのは、周信さん一人なんですね」

「そうですよ」

「男爵と子供たち三人ぞろいで家探しにきて、あなたの懐中の三千円を奪って立ち去ったことがあるそうですが、それとは違う日のことなんですね」

「アア、そう、そう。いつか、たしか三千円とられたことがありましたよ。その日は寮へ越して間のないころ、ほかに覚えがありますよ」

「ですが、またその日には、たしかに大そう重大なことが起ったのを覚えていませんか」

「え？　ほかに？」

久五郎はビックリして新十郎の顔を見つめた。いかにもフシギそうだ。思いだせないらしい。

「その家探しのあとですよ。小花さんが家出して、行方不明になったのが」

「エ？　家出？　小花が行方不明に？　ハア成程。そうですか。その日小花が行方不明に」

「あんまりお心にかかる出来事ではないようですね。すると、その後日に、再び周信さんが明朝の家探しのフレを廻しに現れたことがあるのですね。尚そのほかにも周信さんの訪問はありませんでしたか」

「ここへきて、たしか、その二度だけです」

「すると一度目が一月十三日なんですが、二度目の時の日附が御記憶にありませんか」

「日附なんぞは、今日の日附もハッキリ分りやしないのだから、以前のことは分りません。だが、たしか、どこかに女相撲がかかっていたとやら聞きましたね」

「私はこのへんの出来事には不案内で皆目存じていませんが、女相撲がどこかにかかっていたのですか」

「どこかにかかっていたそうですね」

　返答はたよりなかった。

　世捨人にイトマを告げ、次に海舟先生の町内、氷川町に住む小沼男爵家を訪れて、政

子に会って先程の非礼を詫びたのち、

「脅迫原料の手紙の束は、あなたが兄さんから預って御自分のタンスに保管していたのでしょうね」

「よくお分りね。そして兄さんが必要のとき一通ずつ渡してました。ですが、私自身はそんなミミッチイ稼ぎに興味なかったのよ」

「それはお察しいたしております。手紙の束をごらんになった最後の日はいつ頃でしたか」

「つまり私が兄さんに頼まれて一通渡してあげた最後の日ね。それは紛失を発見した十日か半月も前かしら」

新十郎は政子の次に小沼男爵にも会った。御子息の行方不明は御心配のことですねとお見舞いを申上げると、

「ナニ、オレは心配していないね。いつから姿が見えなくなったか、そんなことも思い当るフシがなく、また気にかけたこともないぜ。政子の奴が今度に限って変に気を廻しているだけだ。もっともアイツにしたところで兄の姿が何月何日から見えなくなったなんて心当りが皆目ないのはオレ同様だ。オレのウチでは自分のほかの人間の動勢や運命

を考えないのが常態だな」

「すると、どなたが失踪の日を覚えていたのですか」

「女中の奴さ。周信め、小娘をあやつる名人だから、女中めが惚れてるせいだよ」

明快な論断である。そこでその女中の話を訊いてみると、

「三月十五日の夕方でした。すこし早めに夕御飯を召上っておでかけのままお帰りにならないのです。当日、特に変った御様子はお見かけしません。御飯を召上りながら、この寒いのに一晩の不寝番は利口なことじゃないが仕方がない。カゼをひかないように、せいぜい厚着して行こうと仰有ったのを覚えてます」

ということであった。彼女はお給仕しただけで、彼の出るのを見送ったわけでないから、どんな厚着して出かけたか分らないということだった。わが家へ戻った新十郎は、杉山老女が書いてくれた脅迫状到着の日のメモをしらべた。脅迫は一昨年の十月から始って、毎月一度か、まれに二ヶ月に一度のこともあって、全部で十六回。

周信が手紙の束を紛失した前後から、他の目ぼしい出来事の日附と合わせてみると、知り得たところまででは、こんな風であった。

十一月二十六日脅迫状（十二月五日に金品交換。これが政子から兄へ手渡した最後の一通の取引に当るらしい）。

十二月十七日政子強制離婚荷物搬出。

十二月二十二日久五郎ら寮へ移る。

一月八日脅迫状（十一日金品引換え）。

一月十三日小沼男爵父子三名久五郎の寮へ家探しに。当日小花家出。

一月二十八日小花羽黒公爵家へ奉公。

三月五日脅迫状（九日金品引換え）。

三月十五日夕刻周信失踪。

五月三日脅迫状（七日金品引換え）。

五月十四日周信の失踪捜査願い。


ざッと以上のようである。重大なことで日附の不明なのは周信が二度目に寮へ現れて明朝の大捜査を宣言したという日だ。日附順に並べて気のつく事は手紙の束が周信の手を離れた時から、脅迫状の到着日から金品交換の指定日までの日数が短くなってる事だ、それまでほぼ十日近い日数があったのに、俄かに三四日の間しかなく、例外がなかった。

「ともかく日附の配列から一ツの異状が見出されるのは面白いな。すると、他の類似をさがして何かが出てくる見込みはないかな。一月八日に脅迫状が届いてから五日目の十三日に小沼父子が寮へ家探しに行ってるが、かりに脅迫状到着のあとで家さがしがあるものと仮定すると、三月五日の脅迫状のあとで周信が寮へ現れて大捜査宣言を行ったと見るべきだが、マンザラ当らないこともないらしいな。たしかにそれは三月の出来事で、そしてそのとき女相撲があったという話だったが、女相撲のことも調べる必要がある」

　そこで諸方をきいて廻って調べてみると、女相撲は三月の琴平神社の縁日をはさんで前後に十三日間興行しており、それは三月五日から十七日まであった。女相撲といえば人の注意をひくに足る珍しく特異なものに見え、まして十三日間も興行していたのだから相当人に知れていそうなものだが、案外にも、そんな興行があったのは知らなかったねと云う挨拶が多い。もっとも中には花嵐オソメが化け狐にたぶらかされて石を運んだテンマツまで事こまかに覚えているというヒマ人もいくたりか居ってそれは三月十五日の夜、周信が失踪した日に当っていた。

元子夫人に会って、脅迫状と金品交換日の間が半年前から短くなったのに気づかなかったかと問うと夫人はビックリして、

「そうでしたわ。にわかに指定の日までが短くなったために、お金の工面に四苦八苦いたしまして、脅迫者宛てに日取りに間隔をおいて下さるようにと杉山さんから依頼の手紙をだしていただいたほどの私たちにとっては大問題でした。けれども、お願いの手紙を差上げても、日取りの間隔は長くはならず、返事もなかったのです」

そこで新十郎は小沼家へ赴いて政子に会って、杉山老女からの依頼状のことを訊くと、

「それは確かに受けとりました。またその依頼状によって脅迫がつづいて行われていると分ったので、手紙の束は単に紛失したのではなくて誰かに盗まれたのだということが確認されたのです。依頼状はたしか二度きました。そして私たちがチヂミ屋の寮へ家探しにでかけたのは依頼状を見たせいなのよ。盗まれた手紙を探すためです。二度目の時は兄が一人で寮へ捜査にでかけたようですが、盗まれた手紙は結局どこからも現れませんでした。当然だわ。チヂミ屋の寮を捜したって出てくる筈ないわ。なぜなら意外にも

奇怪なことが起ってるのは、そこではないからです。小花さんはなぜ羽黒家に居るのでしょうね。そして、うちつづく脅迫に悲しみ泣かされている人が実は手紙の束を取り戻した人かも知れない場合だって有りうるでしょう。そして、もしも手紙の束を取り戻した人がもう泣く必要がなくなったのに、まだ脅迫が続いていますと探偵さんに物語って泣いてみせているのだとすれば、それは兄を殺した下手人がその人の一味だと問わず語りしていることではありませんか」

政子の疑惑には根の逞しい執念が感じられた。思いつめているのだ。真剣に、一途に唯一の狙いに全部をかけた逞しい疑惑だ。

「ともかく、再び日附の配列から、脅迫状と家探しとに一聯の関係の存在が類推され、そしてその真実が証明された。すると三月の場合に一月の日数を当てはめてみると、脅迫状の到着が三月五日、一月ならその五日後が家探しだ。しかし幸いにも、指定日までの日取りを長くしてくれとの周信へ依頼状を書いた杉山さんはコクメイな日記をつけているから、その正確な日を確かめることができる」

と直ちに問い合わせてみると依頼状は三月十一日の午後投函。すると、十三日、おくれても十四日には周信がそれを読んでる筈だ。

「なんということだ。周信の失踪と寮への怒鳴りこみは、殆ど連続してるじゃないか。アッ、そうだ。ここに女相撲の一件があるぞ。そうだッたなア。これをウッカリ忘れているところだったが、アア、実にこれは重大きわまることらしいぞ。実に、ウッカリ。バカだなア。危くこれを見落すところだったなア。すると、女の横綱が狐の化けた女にばかされて大石を運んだという一見バカバカしいことも、笑いごとだと思ってすませると大変な見落しになるかも知れないぞ。とにかく、これを見落さなかったことは幸せだったが、ウム。たしかにそこに何かがある。アア、期待が先走るために頭が混乱してしまう。落着いて特に、益々、落着いて」

新十郎はこう自分に向って言いきかせると、湧立つ胸を必死にしずめて、考えこんでしまった。(ここで一服、犯人をお当て下さい)

★

この事件はその発端が常と変って、新十郎は相棒の同行を許されなかったから、結末に至っても、相棒も海舟先生も現れる余地がなかった。ついに新たな脅迫状が元子夫人をおびやかす日がきた。手紙は待ちかまえていた新十郎に廻送された。

その日から、新十郎は警察に依頼して多くの警官の助力をもとめ、厳重な、しかし敵にさとられることがないような細心の注意をこめて監視網をはりめぐらしたのは、ある一軒の邸宅であった。そして、その邸内から出てきた一人の若い女が街でさる人物と会って一物を手渡して何事か依頼したのを確かめ、依頼をうけた人物の方を取り押えて訊問すると、予期の如くに総てがハッキリと現れた。彼のうけた依頼とは金品交換の指定日に指定の場所で元子の使者から金をうけとる役であった。彼が渡された一物はまさしく金と交換の元子の恋文のうちの一通であった。

監視網をはりめぐらした邸宅とはチヂミ屋の寮。邸内から出てきた女とはハマ子。

かくて犯人久五郎とハマ子は捕えられた。

新十郎は真相をききに来た政子に語ってきかせた。

「女相撲という一見事件にレンラクしそうもないことを最初に私に語ってくれた人が世捨人の久五郎さんだと気がついたとき、私はビックリしたのです。相当に物見高い血気の人でも女相撲の興行を知らない人が少くないのに、めったに外へでない筈の世捨人が、もっとも、単に女相撲の興行の存在を知ってるだけだと云うなら偶然の然らしむるところと考えられもしますが、ほかの出来事は大がい忘れていながら、女相撲と周信氏の宣言という聯想しにくい二ツの事柄のレンラクだけは妙に記憶していました。これは普通ではありますまい。おまけに調査の結果は女相撲と大宣言とたしかにレンラクがありました。周信氏の大宣言はまさに女相撲の興行の最中でした。しかしながら、もしも更に女相撲と大宣言とに密接不可分の関係があって、たとえば女の横綱が狐の化けた女にだまされて大石を運んだことなぞと関係があったと仮定して、そこから曰くありげな何かが考えられるであろうか。こう考えて多くの場合をタンネンに思い描くと、曰く有りげなものが確かに在って次第に鮮明に浮かびでるのが分ってきました。お宅の女中さんの話によりますと、兄さんは失踪直前の夕食中に今夜一晩は不寝番だからカゼをひいちゃいけないな、厚着しようと呟いておられたそうですね。さて、そこで、その兄さんがこの前後にチヂミ屋の寮に現れたときのことを考えて下さい。これから家探しにとりかかるかと思うとそうではなくて、明日早朝を期し、大工とトビをつれてきて天井もハメもネダもひッぺがして徹底的に家探しを致すぜという大宣言の由でしたね。前もってこんな大宣言をする必要があるでしょうか。まるで、だから、ほかのところへ秘密の品物を隠せ、と敵に都合のよいことを教えるだけの逆作用しか考えられないではありませんか。ここが問題なんですよ。これがこの事件の結び目に当る急所だったのです。申すまでもなく、兄さんが親切な大宣言を行ったのはその逆作用を承知の上のことですよ。敵がこの大宣言におどろいて、その夜のうちに秘密の隠し物の場所を動かすに相違ない。それを暗闇に隠れて監視して突き止めるのが狙いなのです。出がけの食事中に呟いたという今夜一晩の不寝番とは、これを指しているのです。なかなか巧妙な策戦でしたね。そこで狙いたがわず目的を達して秘密の場所を見破ったかと申すと、実はアベコベでした。兄さんは己れの才をたのんで敵を甘く見ましたが、実は一見マヌケの如くにして敵の御両氏はさらに抜群の策士でした。否。軍略の才能に差がなくとも、敵を甘く見たことが大きな差をつくりだしてしまったのですね。バカの如くでバカでない御両氏はたちまち兄さんの計略を見破りました。そして兄さんが庭のどこかで不寝番をして見張っているに相違ないのを推察すると、それを逆に利用する策を立てたのです。花嵐にたのみ、庭の巨石をうごかしてその下に何物かを隠したフリをして見せたのです。兄さんは敵を甘く見ているために敵の策を見破ることができませんでした。そして敵が隠し場所を変えたものと真にうけて、手紙の束は石の下にありと思いこんだのです。とても巨石をうごかすことはできないから、石の横から下へと土を掘って目的物に達しうると考えました。巨石の下のしめった土の中へ手紙を隠しておくと紙が傷んで物の役に立たなくなるという不都合な結果が目に見えているから、直ちに発掘にとりかかるのは当然の行動でしたろう。しかし、道具なしに堅い庭土を手で掘るのだから大仕事で、先をあせって無我夢中でやってるところを忍び寄った二人が殺してしまう。そして、屍体をどこかに隠す。たぶん庭のどこかに穴をほって埋めたのでしょう。本日の取調べで夕刻ぐらいまでにその場所は判明するだろうと思いますが、お気の毒ながら兄さんの生きている見込みはありません。あなたのタンスから手紙の束を盗んだのは久五郎さん。見かけによらぬ鋭いカンで、あなたにとってその品物が重要な何かであるのを見破っていたから、あなた方があの日一方的な有勢裡に彼の品物を分捕った腹イセに、一番大切らしいその一品を盗んでやろうと思ったのでしょう。皆さんの隙を見てそれを盗みに奥へ行った。すると方々の部屋をうろついて愉しんでいたハマ子さんがそれを見て、この人も見かけによらぬ鋭いカンと素早い動作にめぐまれているから、あの態度は何かあるなと後をつけて、久五郎さんがあなたの秘蔵品らしい何かを盗んだのを見出したから、我意を得たり、とニッコと親愛の情をこめて笑みを送り、あなたがそれを隠すのは人目につくから私がそれを秘密の場所へ隠してあげましょうという意味とマゴコロをこめて手を差しだす。黙ってただニッコリとほほ笑んで手をだしただけですが、そこに真の情がこもっているから、これ即ち以心伝心ですな。もっとも、これは全部私の想像ですよ。本当にこうだとは申しませんが、こうならなんとなく愛すべき情趣に富んだ一幅の画であるなアと、つまりですね、私は殺されたあなたの兄さんよりも、このノロマの如くで素ばしこい御二方が憎めないのですよ」

新十郎は暗い顔をそむけた。

トンビ男

楠巡査はその日非番であった。浅草奥山の見世物でもひやかしてみようかと思ったが、それもなんとなく心が進まない。言問《こととい》から渡しに乗って向島へ渡り、ドテをぶらぶら歩いていると、杭にひっかかっている物がある。一応通りすぎたが、なんとなく気にかかって、半町ほど歩いてから戻ってきてそれを拾い上げた。油紙で包んで白糸で結ばれている。白糸はかなり太くて丈夫な糸だが、タコをあげる糸らしい。相当大ダコに用いる糸であろう。包みをあけると、中から現れたのは人間の太モモと足クビであった。左足の太モモ一ツ、右足の足クビから下のユビまでの部分が一ツである。楠はおどろいて、自分のつとめる警察へそれを持参した。これが二月三日である。

警察はそれほど重く考えなかった。この辺は斬った張ったの多いところで、その連中が腕や脚を斬り落されるようなことは特別珍しくもないところだ。いずれそのテアイが始末に困って包みにして川へ投げこんだのだろうと軽く考えた。土地柄、当然な考えであったのである。

楠も大方そんなことだろうと同感して特にこだわりもしなかったが、それから二日目、二月五日の午《ひる》さがりに、用があってタケヤの渡しで向島へ渡り、さて用をすまして渡し舟の戻ってくるのを待つ間、なんとなくドテをブラブラ歩きだすと、また岸の草の中に油紙の包みが流れついているのに気がついた。おどろいて拾いあげてみると、まさしく同じ物。中から現れたのは、左の腕と右のテノヒラであった。

「こいつは妙だ。このホトケがオレに何かささやいているんじゃないかな。一足ちがいで渡し舟が出たこと、なんとなくブラブラとドテを歩きたくなったこと。なんとなく何かに支配されているような気がするなア。二日前に奥山へ遊びに行こうと歩きかけて、なんとなく気が変って渡しに乗ってドテを歩いたのも、思えば今日と同じように見えない糸にひかれているようなアンバイだなア」

楠は妖しい気持に思いみだれつつこれを署へ持ち帰った。

新しい包みは左の二の腕、つまり肩からヒジまでの部分と、右の手クビから下、つまりテノヒラである。最初の包みは片モモと足クビから下の部分。するとこの死体はよほどバラバラに切り分けられているに相違ない。

バラバラ事件もこうまでこまかくバラバラになると、日本語ではまことに説明がヤッカイである。つまり手といい腕といい、また足といっても明確ではないからだ。解剖学なぞではチャンとそれぞれのこまかい部分に至るまで名詞があるに相違ないが、日常の言葉の方では甚だアイマイだ。

肩からヒジまでの部分は昔はカイナなぞと云ったのがここに当るのだそうだが、今は俗に「二の腕」と云って、とにかく名称がある。ところがヒジから手クビまでとなると、これを示す明確な名称がない。上半分を二の腕と云うのだから、下半分は一の腕。そんな名称はないが、つまり上半分が二の腕に対して、下半分はただの「腕」が本来その部分の名称だったのであろう。渡辺綱が鬼の腕を切る。その腕はヒジから下の部分だけで、肩からの全部ではない。昔はたしかにそうだった。

けれども今日通用している日常語の腕は肩から先の手の全部をさすのが普通で、腕と手は同じ意味である。そして、ヒジから手クビまでの部分を特に示している名称は今の日常語には見当らないのである。目下の日常の日本語はこまかいバラバラ事件には不向きで、今年の板橋バラバラ事件は切り方が大マカだから、新聞記者も苦労せずにすんだのである。ところがコッチのバラバラは大そうコマメに切り分けているから、私は思わぬ苦労にぶつかった。ヒジから手クビまでの間だとか、足クビから下方、足のユビまでの部分だとか、一々いそがしくて舌がまわらないね。読者諸賢も小生の舌のまわらぬ苦労のほどを御察しねがいたいです。

さて楠はその日の勤務を終ったとき、帰り支度をととのえてから、ふとアルコール漬けの拾い物の前へ行ってたたずんだ。

「君だけが拾ってくるというのはタダゴトじゃァないぜ。君に惚れたらしいな、このホトケは。いずれユー的が訪ねて行くかも知れんから、その節は戸籍をきいておいてや」

と上役にひやかされる。一同もそんな風に感じているらしい。

一ツのガラス容器に、左モモと右足クビ以下。他の容器が左の二の腕と右のテノヒラ。

「せっかくバラバラに切ったんだから一ツずつ包みにすればよいものを二ツずつ包んでるとは慌てた話じゃないか。筋道が立ちやしない。取り合わせもデタラメだなア。二ツの包みはそれぞれ左と右とマゼコゼだ。ハテナ？　そう云えば、どっちも左と右のマゼコゼだ。それにモモと足クビの包みの方はマンナカのスネに当る部分がなく、二の腕とテノヒラの包みの方もマンナカのヒジから手クビの部分がぬけてるな。手と足との二ツの包みがチャンとツリアイがとれてるな。ここに何かホトケのササヤキがあるという次第かね」

妙にインネンが気にかかるから、楠はそれからそれへと考えた。けれども手足の一部分にすぎないものを、いかに長々と睨んでいたところで、ホトケの身許を知る手ガカリなぞ全く現れてきやしない。

けれども彼は家へ帰るとその日からバラバラ日記というものをつけはじめ、職務とは別個に進んで捜査に当ってみようと考えた。そしてこの日記がはからずも後日解決の重要な原因となるのである。その日から折にふれてドテを歩いたが、バラバラ包みと彼とのインネンは以上の二個で終りを告げて、以後の包みはすべて他人が偶然発見した。

九日に顔と左の足クビ以下の部分。

十二日に胴体。

顔が発見されればと当《あて》にしていたのが、この顔からは何もでてこない。鼻と両耳がそがれ、両眼がくりぬかれている。かいもく人相が分らない。一ツ残っている口の中には金歯というような都合のよいものはなくて、かなりムシ歯が多いが、特に特徴となるようなものは見当らなかった。

ところが当にしていなかった胴体から意外なことが分った。解剖したら、胃の中から、鳥の肉やタケノコその他が現れたのだ。まだ殆ど消化しないうちに死んだのだ。

そして顔と胴を合わせてみると、クビに絞殺の跡を認めることができた。

男である。五尺四五寸の普通の体格をしているが、肉体労働をしている人間ではなさそうだ。年齢はハッキリは分らないが、二十以下ではなく、また老人ではない。

絞殺された二十から四十ぐらいまでの男。分ったのはそれだけだった。

★

胃の中からタケノコが現れたので、上役たちもやや重視した。

「寒のうちにタケノコを食ってるとは、どういう人種だろう？　大ブルジョアか、百姓か。今ごろタケノコなんか売ってやしない」

当時はカンヅメのない時代だ。胃の中のタケノコはナマのものでなければならない。

「寒のうちで地の下の方にはもう小さなタケノコが生えはじめてますよ。深く掘って探せば指のように小さくてやわらかいタケノコを採ることができます。しかし、そんなタケノコを食ってる人種は知りませんなア」

目黒の方へ問い合わせると、こういう返事だ。とにかくタケノコや鶏の肉から考えると、相当美食家らしいから、ヤクザではないらしくなってきたが、ヤクザが宴会の席でもつれてその帰路に殺すという場合なら胃の中の物もフシギなく当てはまる。

「とにかく行方不明の人間を調べて一人ずつ照合しているうちに身許が分るかも知れない。ほかに手はなかろう。もっとも、バカに根気のいい人物がいたら、八百八町の八百屋と料理屋を全部廻ってタケノコを訊いて歩く役を買って出たまえ。ほかの勤務は十日間休みにしてやるから、誰かバカに根気のいい人物はおらぬかな」

この上役の冗談をきいてスゴスゴと立上った若い巡査がいた。まったくスゴスゴと、浮かない顔だ。これが楠である。

「その役をボクが買っていいですか。とにかくなんとなくインネンですから」

「なるほど。つまりバカのせいではないわけか。そう云えるのはオ前サンだけだ。大いによろしい。インネンによって八百屋と料理屋をシラミつぶしに訊いてまわれ。一軒ももらすな。約束通り他の勤務は十日間休んでよろしいぜ」

そこで楠は根気よく八百屋と料理屋を一軒ずつ訊いて廻った。そこで一日目二日目と浅草をまわり、三日目に気をかえて対岸へ渡ってみると、向島の魚銀という小さな料理仕出し屋がアッサリ答えた。

「この季節にタケノコを使うのはオレのウチぐらいのものだ。もっとも日がきまってるな。一月三十一日。この日だけだ。今年で六年目だな。寺島に才川というウチがある。そこの一月三十一日の法要には毎年必ずタケノコを使わなきゃアいけない。わざわざ目黒の百姓のところへオレがでかけて掘ってもらってくるんだよ」

一月三十一日。まさしく、これだ。場所と云い、時と云い、まさにかくあるべきところである。楠は心中にコオドリして喜んだが、色には見せず、怪しまれぬ程度に訊きだしてみると、次のことが分った。

寺島の才川平作といえば名題《なだい》の高利貸しであった。間接に千や二千の人間は殺してるようなものだぜ、という鬼の商法で巨万の財を築いた男。ところが、六年前に長年連れ添う女房をなくして以来、その命日の一月三十一日にタケノコを食う。これは女房の何よりの好物であった。もっとも女房存命中は出盛りの季節に食ってたもので、寒中にタケノコを食うゼイタクを鬼の才川平作が許すわけはない。ところが女房が死ぬと、寒中というムリをいとわず、命日にタケノコ料理とタケノコメシをつくり、近親だけ集めて法要をいとなむ。どうも女房をなくして以来、鬼の心境が変ったようだともっぱらの評判であった。

当日魚銀が才川家へおさめたものは料理の折ヅメ十四人前。タケノコメシが五升。十二時十分前におさめた。つまり昼メシだ。被害者がその折ヅメを才川家で食ったとすれば午すぎに殺されているのだが、ミヤゲに持ち帰って夕食に食っているかも知れない。折ヅメ料理にもタケノコの煮ツケがあった。

「折ヅメ十四人前か。その十四人の名を探りださなければならんぞ」

まさか才川家へ行って訊くわけにいかない。ヘタなことをして警戒されると先輩に怒られたり笑われたりしなければならぬ。幸いにまだ三日目、あと七日もあるから、あせらずに自力でやれるところまでやってみようと決心した。

その法要の坊さんは報光寺の弁龍和尚ときいたからそのへんから、当ってみることにした。うまいことに、この禅坊主はクッタクのないお喋りずきの老坊主で、楠が私は芝居作者の弟子の者で、師匠が今回鬼の才川平作に似せて鬼高利貸しの改心劇をつくるについて、才川家の内情を若干御教示ねがいたい、と手ミヤゲの四合徳利を差出すと、ちッとも疑わずゲラゲラと高笑い。

「オレは年に一度のツキアイだから鬼のことはよく知らんぞ。なくなった鬼の女房は存命中オレの説教を時々ききにきてくれたが、ひところは鬼の女房から相談をうけて力をかしてやったこともある。フン待て、待て。これは芝居に向くかも知れんぞ」

と和尚がきかせてくれたところによると、平作の長男加十は十二年前に勘当されているのであった。十五六から酒と女を覚えて手がつけられないので二十二のとき勘当された。そのとき母の杉代がひそかに加十をつれて報光寺を訪れ、和尚の弟子にして仏門に入れてくれないかと頼んだ。

「鬼が親類一同を集めて申渡すには、ただいまより親子の縁を切って加十を勘当するからには、もしも加十にひそかに情けをかける者はもはや親類ではなくてオレの敵だと思うからお前らもそう思えと云うたそうな。それで親類中に加十の面倒を見る者がない。鬼のことだから友達もおらぬ。恩儀を感じている者もおらぬな。そこで親類が手をひくと加十の味方は天下に一人も居らなくなって路頭に迷うことになる。そこで仏門に入れたい、お前の弟子にしろ、と云いおる。この貧乏寺に弟子が来おるとオレの酒の量を減らしおることになるだけだから、ちょうど本山へおもむく用があったを幸い、鬼の子を連れて行って京都の寺へ捨ててきてやった」

加十はその京都の寺に足かけ二年ほど辛抱したが、ぬけだして遊ぶ味を覚え、やがて寺をでてヤクザの群にはいってしまった。その後の生死も不明だということである。

「奥さんがなくなってから鬼の才川さんも心境が変ったそうですが……」

「そうかいな。年に一度オレをよんでお布施をくれてタケノコメシをおごってくれるから、心境が変っているのかも知れんが、オレは昔も今も鬼とツキアイがないから知らんな。オレがつきあっているのはタケノコメシだけだ」

「その珍しいタケノコメシの法事にはどんな顔ぶれが集りますのでしょうか」

「左様、タケノコメシの顔ぶれは六年間変りがない。平作の弟の馬肉屋の又吉と妹お玉。お玉の亭主女郎屋の銀八。死んだ女房杉代の兄で仲見世の根木屋長助。その妹のお直とお安。そろそろ棺桶に一足をかけはじめた年かっこうの者ばかりだが、六年間に一人も死んだ者がない。あとの顔ぶれはずッと若くなって平作の次男坊の石松。長男勘当でこれが跡目だな。長女伸子とその亭主の三百代言角造。次女の京子とその亭主の三百代言能文。娘どものムコはみんな三百代言だ。三百代言に育てるために学資をだしてやったのだそうな。コヤツらは棺桶のフチからまだ足のはなれたガサツ者でタノシミがない悪タレどもだ。これだけ揃ってタケノコメシを食う」

楠は出席者の名を書きとった。平作の弟又吉は吉原の馬肉屋。妹お玉の亭主寺田銀八は吉原の女郎屋三橋楼の主人。鬼の平作のサカンなころは貸金のカタにしぼりとって女郎屋の七八軒に待合料理屋カタギの商店に至るまで何十軒も持ってたものだ。そのうちの一軒の女郎屋と馬肉屋を妹のムコと弟へヒキデモノにやって自分はワリをかせいだ。

亡妻杉代の兄は仲見世の根木屋というミヤゲ物屋。妹のお直とお安は裕福でない小商人へ縁づいたが、お直の生んだ次男の小栗能文（二十六）が杉代の次女京子（二十二）と結婚し、能文は平作の秘書番頭の役割、夫婦は平作の家に住みこんでいる。

長女伸子（三十）の亭主人見角造（三十三）はトビの子で平作が自分の秘書番頭を目当てに学資をだして三百代言に育てたが、鬼から人間に改心してタケノコメシを食うようになると、手広く荒カセギをやらなくなったから、今では自家用としては不用品。三年前に自宅から追ッ払って吉原の近くに三百代言の店をもたせてやった。そして代りに能文を末娘と結婚させて自宅へ入れて番頭とした。京子と能文は従兄妹同士の夫婦。しかし鬼はコセコセとした血の問題はとりあげない。

次男の石松は勘当された長男同様ちかごろ酒と女に身をもちくずし、跡目相続をカタにして諸方に借金があるらしい様子。兄と云い弟と云い、鬼のタネからはロクな男が生れない。石松は二十六だ。

主人平作もいれてタケノコメシに集る血族十二名。折ヅメの十四ひく十二は二。

「すると坊さんはお二人ですな」

「そんなムダなことはオレが大反対だ。お布施とタケノコメシはオレが一人で充分に間に合う」

「折ヅメは十四本。一本あまりますが」

「それはホトケにあげる。一同がタケノコメシをパクついてる時は仏前にも折ヅメとタケノコメシを飾っておくが、パクついてしまうと仏前から下げて、あとは誰の腹へおさまるのかオレは知らんが、これは坊主のオレに持たせて帰すのがホトケの道にかなってるなア」

「折ヅメもその場でパクつきますか」

「これは一同そックり持って帰るな。オレもそックり持って帰る。折ヅメの分量だけタケノコメシを腹につめこんで折ヅメはブラ下げて帰る方が得だなア」

銘々が折ヅメを自宅に持ち帰っては、それを食べる可能性の人物がにわかにひろがってしまう。楠はガッカリした。しかし殺されたのが昼メシ直後でないらしいということは、その方が当然有りうべきことなのだ。ここで勇気を失ってはダメだと自分に云いきかせた。

「オレは鬼とのツキアイが不足でダメだ。鬼があばれていたころの番頭が浅草で天心堂という易者になってるそうだ。鬼の全盛の期間つとめあげた奴だから、これも気の荒い家来だそうでな。鬼の改心を見て奴めの方が見切りをつけて主人にヒマをだしたそうな。その後は田島町で易者になったということだ。鬼の悪業はこの易者が存分に知ってるだろ」

誰々が折ヅメを食べたか？　それを思うと気が滅入ってしまうが、まだやっと四日目だ。あと六日と半日あまりある。あせることはない。胃袋の内容から離れることは全然無意味な廻り道か遊びにすぎないような気がしたが、十二名の血族にここでいきなり飛びつくのはそれがアセリというものだ。

楠はこう考えて寺をでると、坊主の言葉にしたがい、田島町の易者天心堂を訪ねることにした。今度は坊主のように楽な相手ではないらしい。

★

楠は自分の年齢から考えて、加十の遊び仲間の弟と名のった。遊ぶ金に窮した加十にたのまれて自分の兄が用立てた金が千円の余になってるが、せっかく証文を握りながら加十の勘当、行方不明でこまっている。行方の心当りはないか、というわけ。これは易者向きの用にもかなってるから、

「見料はいかほどで？」

冗談のつもりだが、ためらって云うと、天心堂は一向にためらわず、

「この見料はチト高いなア。そこを大負けにして三円にしてやろう」

ベラボーな高いことを云う。楠は内心泣く泣く有金をはたくようにして三円払った。

「オレも鬼の才川平作の手下になって利息の取り立てをやってるうちに、人の人相が読めてきたな。あのころは鬼をあざむき、鬼を泣かせる奴らが多くてこまったな。怖しい奴、ずるい奴、向うところ強敵ばかりでユダンができない。それで敵を知るために必死に人相を読もうという心得が自然にできる。そのオカゲで易者になったが、真剣勝負の心構えで必死に会得した実学だから、オレの人相判断と易の卦はよその易者のヘナヘナの見立てとちがう。思い当って感心したら、またおいで。一々オレの見立てに伺いをたてて世を渡る者は必ず出世するぞ。三円五円の見料はタダのようなものだ」

兇悪そうな目玉を落附きはらってむいている。ニヤリともしない。

「鬼の平作も血のつながる身内の者には目をかけてやる奴で、馬肉屋の弟又吉、妹のムコ女郎屋の銀八、いずれも平作が身を入れて引き立てたおかげで裕福だ。その代り平作の日ごろの訓戒を裏切ると、親でも子でも親類でもない、敵同士だ消えてなくなれとくる。加十の勘当がそれだな。可愛さあまって憎さ百倍。鬼にはそれが強いのだ。加十は杉代のはからいで京都で坊主になったが、またぐれて寺をとびだしてから行方が分らない。この行方を知っていたのは杉代だけで、どうやって通信していたか知らないが、死ぬ日までヘソクリを苦面して月々送金していたようだ。鬼の平作もこれだけは見て見ぬフリをしていたが、それは鬼の心にも有難い女房よと思う心があったせいだ。なぜかと云えば、平作に深い恨みをもつ者が殺しに来たとき、亭主をかばって杉代が二度もフカデを負うている。このオカゲで鬼自身は一度も傷をしたことがない。こういう有難い女房だから、さすがの鬼めも心底では女房に手を合わせている。杉代が死ぬと力を落して鬼が涙もろくなったのは確かだな。アコギな荒かせぎをしなくなった。オレは杉代が死んだ後も半年あまり鬼のウチに勤めていたが、鬼が改心してオレの稼ぎ場も日増しに少くなるようだから、見切りをつけて易者になった。さてそこで加十のことだが……」

天心堂は易者らしく威をはって楠をにらみつけた。オレの目に見えない物はないという自信のこもった目。そして語りつづける。

「加十がどこで何をしているかは杉代だけが知っていたが、杉代の死後はどうなったかなア。杉代の遺言に、加十の改心を見とどけたら家へ入れて元へ直してやってくれ、ちかごろでは心底から心が改まったらしく、勘当の訓戒を忘れず、他人の姓名を名乗り、貧乏しながらも学を修めてだんだん立派になってるそうだから、と鬼の手をとって泣いたそうな。だが平作は、オレがあのウチに居た間は、その遺言に心のうごいた様子はなかったな。改心しても、鬼は鬼だ。可愛さあまっての憎しみながら、いったん親子の縁を切れば、つめたい鬼になりきるのが奴めの心。六年間も音信不通なら、血のツナガリだけではうめられない溝ができて、元のようにシックリしない他人の距てが双方に生れているのは当然だな。なんしろ平作は元々身内にはあたたかく、他人にはつめたい男。それは奴めの生れつきの気持だなア。世間の甘い考えでは人間は持ちつ持たれつ、情けは人の為ならずだが、平作の気持は生れつき違う。他人同士は鬼と鬼、敵と敵のツナガリと見てその気持の動くことがない。平作ぐらい他人を怖れ他人を信用しない奴はないのだなア。だから六年間の溝ができて血のツナガリの中にも他人の影がさしてしまったと見ているから、元のサヤとは云いながら、今では他人の加十。女房の遺言ながら他人を家へ入れる気持は平作の心にはなかなか起るものではないぞ。ところがつい先日のことだが、人見角造と云って平作の長女のムコで三百代言をしている奴が訪ねてきての話によると、どうやら近ごろは平作のこの心境までぐらついてきたらしいぞ」

天心堂は荒ぶる神がゴセンタクをくだすようにカッと目をむいて語りつづける。

「どうしてそうなったかというと、次男の石松が兄同様に身を持ちくずしはじめたからだな。加十は十五六から身を持ちくずしたから、放蕩は若いほど軽いならい、それに加十は元々学問が好きな奴で、その学問をやらせておけばぐれなくてすんだかも知れないのさ。平作は学問ギライで、イヤがる加十をデッチなみに家業の手伝いをさせた。するとぐれて身を持ちくずして勘当となったが、弟の石松は今年二十六、人の話では二十三四からぐれたそうだ。オレが鬼のウチから出たころ二十ぐらいの生意気な小倅だったが、まだ身持ちがわるくはなかった。石松は兄に反して学問ギライ、遊び好き、芸ごとが好きで、唄三味線踊りを習い、寄席や芝居へ通うのが日課だ。平作は兄でこりてるから、石松には好きなようにやらせておいたが、芸ごとに凝って身を入れるぐらいのことは放蕩にくらべれば雲泥の安あがり、それに見た目には表面の風俗が似ているから、かえって他人の放蕩なんぞ羨しがりもせぬような行い澄した遊び人ができ易いように世間では考えられているなア。それも一理はあるが、根はめいめいの人柄によることだ。石松はぐれるにはオクテだったが、ぐれだすと始末のつかない奴で、齢をくッてるからいったんぐれると加十の比ではない。相続してからの約束で、鬼の子がよその鬼から借りてる金はお前さんの兄貴の証文にあるようなのとは二ケタぐらい違うようだな。オレのところへ金策に来たこともあるが、オレはそれ、この霊感の人相判断。ジッと見て、石松の相に立ち枯れる若木の相があって身を食い枯らす悪虫が這っていると見てとったから、金を貸してやらなかった。オレに貸せという金が、なんと二万円。こんな借金をあちらこちらでやられては親の迷惑は知れたこと。三百代言のムコがオレを訪ねてきたのも、石松に金を貸してくれるな、それを承知で貸した金は無効、取り立てできない、そういう証文を取り交してくれというタノミだ。諸々方々の鬼の同類を廻り歩いて、こういう証文を取り交してもらっているのだそうだ。どうやら石松も勘当らしいということだ。なア、するてえと、加十の今の身持によっては勘当が許されるかも知れないと人見角造が言っておった。さア、どうだ。三円の見料は高くはなかろう。お前さんの証文が近々息を吹き返して生き返るらしいぜ」

なるほど、そんなワケがあったか、と楠はうなずき、

「で、加十さんの今の身持というのは、勘当が許されそうな身持でしょうか」

「さ、それだな。加十の身持も知りたかろうが、加十がどこでどんな姓名で暮しているか、それさえも親類の者が知らないそうな。杉代が遺言で誰かに加十の居所姓名をもらしているかも知らぬ。もしも誰かにもらしたとすれば、亭主平作か、妹のお直だ。杉代とお直は子供の時から気の合った仲で、その為に平作にたのみお直の子の能文に学資を与えて三百代言に仕立てさせて、自分の娘と夫婦にしたほどだ。同じように平作の娘の一人と一しょになり、同じように学資をだしてもらって三百代言に仕立てられた人見角造だが、これは出入りの貧乏トビの子。人間を血のツナガリで区別する平作の目にはムコになっても他人は他人。妹ムコの小栗能文にくらべると、姉ムコの人見角造が万事につけて割がわるく、他人なみに扱われているのだな。あの鬼のウチでは他人の距てはどうにもならん。オレがどんなに忠義な番頭でも、他人は他人だ。そういうウチだぜ。その家風は連れ添う女房杉代にもしみついている。血のツナガリの深く温くない者に後事を託す筈はない。たとえば兄の根木屋長助がカタギの商人で、世間では信用のある世話好きであるにしても、亭主の平作の目から見て他人の方に近ければ、杉代の目にもそれ

が乗り移っていよう。お直なら特に自分と仲もよし、能文がムコとあってカスガイ役もしているから、秘密の後事を託すとすれば、亭主のほかに親類ではまずお直ひとりだな。オレの目の睨んだところではそうだ。どうだな。三円の見料はいよいよ安かろう。加十のことを訊きだすならお直のところだが、それをお直に訊いたところで、加十の身持がよくなって勘当が許されるワケはないから、まアよしときなよ。だんだんお前さんに運が向いてるらしいのは人相にも出ているから、ジッと証文を握って辛抱してるがいいや」

だが天心堂は三円の見料の手前があってか、易を立てて見てくれて、

「尋ね人は西に居るが、だいぶ東京から離れているようだ。わりに身持もよく、身体も達者だ。そこにも運気がうごいているから、近々めでたく行くだろう。安心するがよい」

易の卦をオマケにもらって、楠はイトマをつげる。

そうだ。タケノコメシの顔ぶれに直接当るなら女だ、お直からだと考えた。

★

お直は後家だった。亭主が死んだのは十五年も昔のことで、杉代の助力もあったが、女手一ツで四人の子供を育てた。子供が大きくなって、どうやら今では楽になったが、その日の食物にも困るような苦しい暮しが長くつづいたのである。

楠は自分の身分を天心堂に語ったのと同じウソでお直に自己紹介。勘当中の加十の動勢をその実家へ問い合せに行くわけにいかないからと言い訳をのべると、苦労にやつれた後家の人の好さ。

「今まで良くまア催促もせず黙っていて下さいましたね。御親切に加十さんをかばって、勘当の許されるのを待っていて下さる気持は本当にありがとうございますよ。ですが、残念ながら、私も居所を知りません」

「易者の天心堂さんの話では、こちらだけがそれを御存知だとのことでしたが」

「あの男が才川さんに働いていたころまでは私も加十さんの居所を知っていたんですよ。実はね。杉代姉さん存命中は、姉さんと加十さんの通信は私のところが中継所だったんです。姉さんの依頼で加十さんの様子を見に行ったことも七八回はあります。ところが姉さんがなくなる際にこれを旦那に打ちあけたものですから、旦那はひそかに私をよんで、お前はもう加十のことは忘れなさい、あとは私がするから、という静かだが厳しいお達しですよ。さア旦那からのお達しとあっては私は一言半句もない。かしこまりました、と平伏して、お言葉通り以後は忘れたフリをしていないわけに行きませんよ。加十さんへもお達しがあったと見えて、加十さんからの音信もバッタリ絶えた。姉さんが乏しいヘソクリを苦面して仕送りしていたのが、今はどうなっていることやら。いっぺん様子を見てこなければ姉さんにもすまないと思って、心をきめて出かけたことがあるんですよ。すると、どうですか。今までの居所には加十さん夫婦の姿はなく、赤の他人が住まっていて、前住者の行方なんぞ知りませんと云うのです」

「すると加十さんは結婚なさってるんですね」

「しまった。ウッカリ口をすべらしちゃったが、仕方がないなア。そうなんですよ。姉さんがなくなる半年ぐらい前ですけど、加十さんからお母さんにその許しを乞う話があって、実は私が姉さんにたのまれて、三四へんも往復してヨメさんに会って人柄を検査鑑定したりしてねえ。これは大役ですよ。ですが私もイノチをこめてやりました。貧乏なウチの娘でしたが、立派なヨメでしたよ。これならばと私がイノチにかけて保証して、そこで姉さんから一ツ条件が有ってこの話がきまりました。それはヨメさんに昔の身分姓名を絶対に打ちあけるな、という一条です。これには深いシサイがあって、今ではもう十二年前ですが勘当に際して旦那が堅く申し渡されたことには、親子の縁を切ればお前はここの息子ではないから、今迄の姓名を名乗ってはならぬし、今はこの世になくなった昔の身分を人に語ってもならぬ。それが勘当というものだ。これを破れば、キサマは詐欺漢だと仰有《おっしゃ》った。あの旦那は自分のお達しを守らぬ者には心を許さない人ですから、私たちも旦那のお達しといえば、怖れおののいて真剣にまもるんですよ。加十さんの場合にしても、いつか勘当が許されるとすれば、旦那のお達しだけは厳しくまもられていての上でなければなりません。ですから結婚はともかくとして、お達しの完全な励行が第一ですよ。むしろ身を堅めることは、放蕩で勘当された加十さんには大切な意味ある事ですからね。こんなわけで、私も力になってあげて、加十さんは結婚したんです。が、それからのことは、ただ今お話いたしたテンマツのように、旦那自らのハカライでしょうが、私の目から消え失せて分らなくなってしまったのです。旦那が加十さんにどうやってあげていらッしゃるか、それは私ばかりでなく、誰にも見当がつきませんﾞ」

「以前の居所は？」

「今となってはよろしいようですが、旦那のお達しの範囲にふれると困りますから申されません」

「新しい姓名だけでも教えていただけませんか」

「お気の毒ですがダメですよ」

「あなたの御迷惑にならぬように私の努力だけでなんとか加十さんにお目にかかる方法を見つけたいと思いますが、せめて何かの特徴の暗示ぐらいはもらしていただけませんか」

「なんとかしてあげたいと思いますが、どうもねえ。特徴といえば一ツあるんですが、それも言わないことにしましょう。勘当の後日にできた特徴で、知ってるのは私だけですがね。悪く思わないで下さいよ。ふとしたお喋りがモトで、旦那のお叱りをうけることが起ると大変だ。もしも、またそのため加十さんの勘当の許しがでないとなったら、それこそ一大事ではありませんか」

「勘当が許される見込みがあるんですか」

「旦那の胸のうちは誰にも分りませんが、これもウチワの秘密ですけど、もう世間に噂もでていることですから申上げますが、加十さんの弟の石松さんがこのところ身持がわるくて、ひょッとすると、これも勘当じゃないかなんてね。その場合には、今の身持によっては加十さんの勘当が許されるかも知れないなんて、いえ、これは旦那の気持がそうだとは誰に分る筈もないんですが、世間の者が旦那の気持までこしらえあげて勝手に噂している次第なんですよ。世間と申しても、まア私たちの身辺だけのことでしょうがね。噂のようなら加十さんには幸福ですが、全然見込みがないことでもなさそうですね」

「御子息の能文さんと仰有る方が才川の娘さんと結婚して秘書をつとめていらッしゃるそうですが、その能文さんから確かな話が伝わりやしませんか」

「いえ、能文は口の堅い男で。また、能文に限らず、旦那のお達しがあれば、私たちみんな口が堅いですよ。さもなければ私たちがお払い箱ですから。世間では鬼のように言いますが、私たちには情深いよい旦那ですよ。その代りお達しにそむくと怖しい」

このワケが分ってみれば、この先どんなに頼んでも堅い口を開かせる見込みがないことは一目リョウゼンだ。ニセの自己紹介のおかげでタケノコメシの一件をさぐる手がかりは失ったが、それはこの口の堅い連中に当ってムダをくりかえすよりも、むしろ他に求めるべきだろう。

「なんとかして加十さんに会いたいなア。いっそ才川さんでボクを下男にでも使ってくだらないかなア」

冗談にこう云うと、

「才川家には女中二人だけで下男ナシ。あの大きな屋敷に女中二人ッきり。そして、それ以上は人を使いやしませんよ」

これをきいて楠は呆れた。そして心がときめいた。あの大きな屋敷で女中二人だけとは。すると白昼の邸内でも深夜の公園よりも人目が少いようなものだから、白昼でも邸内でいろいろのことが行われうるであろう。人殺しもできるし、それをバラバラにすることもできよう。

「御一族では、そのほかに、最近どなたか行方不明はありませんか」

「そんなにチョクチョク行方不明が現れるものですか。私たちをなんと思っているんです。みんな心が正しくて、また才川家の者も、根木屋の者も、代々長命の一族ですよ」

お直が腹を立てたから、楠はヒヤリとして、そこでイトマをつげた。ひと目でいいから才川の邸内が見たいものだ。女中の一人とでも話を交したいものだ。こう考えふけッたが、やがて一ツの計略に、気がついて次第に彼の顔は明るくほころびた。

★

楠は親ゆずりの多少の財産があったを幸い、なにがしかの金を握って目黒の里へ急行し、百姓にたのんで土の中の小さなタケノコを一貫目ほど掘りだしてもらった。それを買ってザルに入れて持ち帰り、次には知り合いの百姓から野良着を借《か》してもらい、ホンモノの百姓そッくりに変装し古ワラジをはいて適当にホコリをかぶり、タケノコのザルを背負って、六日目の十一時ごろを見はからって、寺島の才川家の勝手口をくぐった。

「ウチの買いつけの八百屋と行商の百姓はきまった人がいるからダメですよ」

と年増の女中が顔をだして云ったが、

「オレは並の行商の百姓とは違う者だね。目黒の奥のタケノコ百姓だ。実は毎年の寒のうちに向島の魚銀という料理屋がオレのところへタケノコを買いにきてくれるが、今日は手ブラで東京へでる用があったから、背中が軽いのはモッタイないと思って、ついでに魚銀にタケノコでも買ってもらうべいと気がついたね。朝の暗いうちに目黒をでて、道を急いで用をすまして魚銀を訪ねてみると、寒のタケノコを買ってくれるのは才川というウチだから、そこへ行って買ってもらえ。そこがいらないと云えば、ほかに買う当はないから諦めろとの話だ。すまねえが買ってくれ」

「アレ。変ったのが来た。チョイト！　お金ちゃん。出てきてごらんよ。変テコな百姓が目黒の奥からでてきたから」

こう云って若い女中をよんで、二人になると女たちは気が強くなり、珍しがって、からかいはじめた。計略図に当ったと楠は心中の喜びを隠しつつ、

「ここのほかには東京中に寒のタケノコを買ってくれる当がないてえから、持って帰るのも業バラだなア。次第によってはタダの隣ぐらいの値にまけてもかまうこたアねえが、すまねえが弁当を使うから、お茶くれねえか。四時起きして目黒をでてきたから腹がへって目がまわる。お茶代にこれやろう」

とタケノコ一握りつかんで女中の前カケの中へ落してやる。二人の女中は感激して、

「お前さん気前がいいねえ。百姓させておくのはモッタイない人だよ。寒のタケノコてえ高価なものをサイバイしている百姓は違うよ。それにしちゃアお前さんの着物はやに汚いねえ」

「これはフダン着だ。どうせお前たちも百姓の娘だろうが、惚れるなら目黒のタケノコ百姓に限らアな。タケノコはモミガラをまいてコヌカで育てる。人間の糞みたいな臭い

ものをコチトラは使うことがねえや」

大きなお握りをほおばり、女中がつくってくれた土ビンのお茶をすすりつつ、巧みに本題へ運んでいった。

「このウチじゃア寒のタケノコをどうやって食ってるね」

「私達がタケノコ料理を作るんじゃないし、まだお下りを食べた事もないから、よく知らないけど、タケノコメシと煮ツケらしいね」

「まアそんなもんだなア。じゃアお前たちは食ったことがねえのか。毎年オレのタケノコを買ってながら」

「タケノコメシはいただくけどねえ。お料理の折ヅメは、お客さん方は持って帰るし、ウチの方々、旦那と末のお嬢さん夫婦はいつもキレイに食っちまうし、お酒のみで物をあんまり召上らぬ若旦那は惚れた女の子のところへ折ヅメを持ってッてやるから、おさがりはないねえ。ホトケ様へあげる分が一ツある筈なんだけど、これもどこへ行っちまうのか、毎年その姿がなくなッちゃうねえ」

「トンビの人が食っちまうんだ」

「それは内緒よ」

「いいわよ。目黒のタケノコのアンチャンなんかに何きかせても分りやしないさ」

と若い女中。楠はシメタと胸をときめかしたが何食わぬ顔。

「トンビはアブラゲじゃアねえか」

「ここのトンビはタケノコだ。アッハッハ。トンビたって、冬に男が上に着るトンビのことだよ。毎年、タケノコの日に限って、トンビをきた変なのがたッた一人裏口からきて、法事のお客さんには姿を見せずに奥のハナレに身を隠すようにしているんだけどねえ。いつ来ていつ帰ったのやら私たちにも分りやしない。変テコなお客だよ」

「ヘエ、面白いな。天狗じゃねえのか。目黒にはタケノコ好きの天狗がいたそうだ。この天狗は誰にも会わずにタケノコ食って帰るのか」

「旦那にはお会いだろうよ。若旦那、お嬢さん夫婦、ここのウチの人たちは別にこの人をフシギがりやしないよ。その日に限ってトンビの客がくるてえことは承知してるんだよ。ただ法事の席のお客さん方には言ってはいけないと奥からの命令さ」

「奥さんの命令か。旦那じゃねえのか」

「奥てえのはつまり主人からてえお屋敷言葉だよ。百姓には分らねえや」

「それはつまり天狗なのか、人間なのか」

「文明開化の世に天狗がでるのは目黒の竹ヤブだけだ。それが三十がらみの男の人だけど、昼間きて昼間のうちに帰っちまうタダの人間にはマチガイないや」

「天狗でなくちゃア面白くないな。タケノコだけが目当なら人間でなくて天狗だがなア」

「タケノコメシをハナレへ持ってッてその人の前へおきッ放してくるんだけど、陰気な人だよ。部屋の中でも寒そうにトンビをきたまま、顔もあげず黙りこくッて坐ってらア。私ゃタケノコメシを置きすてて逃げるように戻るのさ、その時、話しかけられたら、さぞ怖いだろうよ」

「客人をほッぽりだして、一人ぽっち坐らせておいて、タケノコメシを食わせるだけか。ヘエ！　変なウチだ」

「法事がすむまでは仕方がないよ。お経がすんで、お食事がすんで、ひとしきり話がはずんで、お客さん方が帰ってしまうまでは、ハナレのトンビの方がうッちゃらかしになってるのは仕方がないよ。私たちもお食事とお茶をいっぺんハナレへ運ぶだけで、トンビの来る姿も帰る姿も毎年見たタメシがないよ」

「オレのタケノコを変テコな奴が食ってやがるんだなア。タケノコを食ってから、なにか変テコな、変ったことが起りやしねえか」

「はばかりながら、このお邸に変テコなことなんぞ起ったタメシはないやね。トンビの男の人だって毎年きまってくる人なんだから、変テコてえほどの人じゃアないよ」

「今年も昼間のうちに消えたか」

「トンビのお帰りなんぞ誰も気にかけてやしない。夕方に昼のお膳を下げに行くと、ハナレにはもう誰も居なくて、お膳の物がカラになってるだけのことさね」

例年通りのことが今年も型の如くに行われただけで、他に変ったこともなかったようだ。また法事のお客たちの方にも例年なみのことが行われただけのようだ。すくなくとも女中たちが目新しく印象した事は一ツもなかったらしい。

きくべきことを訊いたので、長居は怪しみをうけるもと、気前よくタケノコをやりすぎるのもいけないから、さらに三つかみのタケノコを女中の前カケに入れてやって、わが家へと戻った。

楠は結論した。

「殺されたバラバラの主はトンビの男。実は勘当された長男加十だ。さて殺したのは誰だか、いよいよ、それが問題だ」

犯人は誰かと考えても、彼が知り得たことだけでは考えの進めようがないし、然らば次の調査をと思ってみると、これ以上は独力で調査の進めようもない。これからの捜査は正式に警察権を用いてでないと進められない。

彼はこれまでの調査の次第を整理して、報告書をつくって、清書した。素人の文章で、この大事件を整理して推論の結論を立てる手際のむずかしさは思いのほかで、残った三日の休みをタップリこれに費して、休みの明けた日、これを上司に提出した。

ところが、ちょうどこの日、久しく現れなかったバラバラの一部が新規に発見されて、今回の包みからは左のスネと左の耳がでた。

すでに三度目の包みからそうだったが、楠がオヤと思って、ここに何かがあるかと思ったバラバラ包みのマゼ方、左右対照、マンナカの脱落、それは今やハッキリと彼の早合点で、ナンセンスな軽率にすぎなかった。それでくさッているところへヌッと現れた老錬の先輩が、

「なにィ。オイ。この報告書キサマか。タケノコを寒中に用いる料理屋は向島の魚銀だけだと？　たったそれだけ聞きこむために十日も休みをもらってボヤボヤ歩いていやがったのか。キサマの分担の役目をオレが先き駈けする気持はなかったのだが、ふと気

がついたことだし、先をいそぐから、オレは一流の料亭を三ツ当ってみた。するとオレがここと狙った三軒が全部、八百膳も、亀清も、八百松も、たいがいの日にタケノコを使ってらア。キサマ十日間どこを歩いてたんだ。顔を洗い直して、この三軒の板前にきいてこいよ。調査もれも、ひどすぎて、話のほかではないか。このインチキ小僧めが」

こう怒られて、楠は色を失った。一日目と二日目は浅草だけシラミつぶしに聞きこみ、下谷の八百膳まで遠からぬところまで調べて行っておりながら、下谷は後にまわして三日目は対岸の向島へ。ここではわりに早々と魚銀にぶつかったから、あとの調査は中止して魚銀で打ち止め。そこで同じ向島の八百松も両国の亀清も調査には行かなかった。

天下名題のこの三軒の料亭は彼の署を中心に、いずれも遠い距離ではない。先輩が思いついてちょッと行って訊いてみたというのも尤もなところだ。楠は大いにおどろき怖れ、まさに色を失って混乱し、さてこの三軒をきいて廻ると、まったく先輩の云う通り、これらの料亭では寒中にタケノコを用いるのは別に珍しくないことのようだ。楠はバカ正直に一軒ずつ念を入れたおかげで、ムダなところに手間どり、珍しい材料を用いるのはまず第一級の料亭と誰しも第一感で気がつくことを忘れ、その近所まで近づいていながら、タケノコを用いている料亭に限って訊き落している。なんともなさけないバカそのものの大失敗。人々にどんなに罵られても一言も返す言葉がない。いッそ自殺して自分のカラダをバラバラ包みにしてしまいたいと思い悲んだほどである。

そして、バラバラ事件の調査を進める情念を一気に全部失ってしまった。

バラバラ包みは、その後、三月九日と、三月十五日にも隅田川からでた。

三月九日のは左モモと右の二の腕。

三月十五日のは右手のヒジから手クビまで。

以上でバッタリと新規の発見は絶えてしまって、結局、両眼と右の耳と鼻、左手のヒジから手クビまでと左のテノヒラ、右のスネ、これだけが最後の発見から三月半すぎて真夏がきたが現れなかった。それはもう魚の腹におさまって変形したか大海に消えたであろう。

バラバラ事件は被害者の身許不明。他に光明をもたらす可能性の見込みなく迷宮入りとカンタンに片づけられたが、これに不服をのべる刑事もいない。楠も不服どころか、穴あらばはいりたいだけのことであった。

ところが盛夏の一日、結城新十郎が隅田川へ水遊びとシャレて、その途次にちょッとこの署に立寄った折、このバラバラ事件に注目した。と云うのは、かなり離れた物置きの底へムリに隠しこむようにしておいたバラバラのアルコール漬けが、盛夏の暑気に臭気を放って仕様がない。適当に処置の方法はないかと面々がワイノワイノと論争中に新十郎が現れたからで、

「ハハア。迷宮入りのバラバラの実物はこれですか」

とアルコール漬けに眺め入り、

「すると、この被害者らしいと思われる行方不明者が見つからないのですか」

「行方不明の届出は相当数ありましたが、諸条件の全部にピッタリ合うものがなく、ややムリをして合わせても七割方合わせる可能性のものすらもないのです」

「東京市の行方不明者ですね」

「そうです。その周辺の郊外も含め、特に隅田川流域の町村のものは含まれています」

「よっぽど不用な人間らしいですなア、このホトケは」

新十郎はバラバラ事件の書類を入れた分類箱の中のものを改めていたが、やがて一冊を読みだすと次第に目に情熱がこもり、やがて一心不乱に読みはじめた。それは楠の苦心の報告書で長文の六冊だから、この場所はその読書に適さないと見切りをつけたが、

書類をふせて、

「これを書いたお方にお目にかからせていただきたいものですね」

「それを書いた大人物は——と。その大仕事ができるのは沈着な楠のダンナに限る筈だが。ハテ、楠のダンナはどこへ行ったかや？　探す時には必ず見えないという人物だなア。どこにいるか。ハハハ。そこにいたか。ごらんのように、これだけワイノワイノと呼びたてられてからオモムロに溶けたような顔をあげて見せるという落ちついた大人物で」

「ヤ、どうも。あなたがこれをお書きになったのですね？」

「ハア。イカン。シマッタ！」

「ハ？　シマッタ、ですッて？　なんのことでしょうか。この報告書に『わがバラバラ日記が、当日の印象を記録せるを引用すれば』とありますが、バラバラ日記はお手もとに保存なさっているでしょうか。それを拝見させていただきたいのですが」

「もう焼きすてちゃったかも知れんですが」

とマッカになってモゴモゴとごまかしたのは実はウソで、焼きたいとは思ったけれども、なんとなく惜しくて焼かなかったのが本当。

新十郎にたって所望されて、是非なくそれを家から取ってきた。新十郎はそれを受けとって、大よろこび。

「報告書とバラバラ日記はお借りしますよ。あなたは大タンテイの素質をお持ちのスバラシイ方ですね。見かけによらず、日本は人材の国だ。あなたの存在を知って、日本がたのもしくならなければ、その人は目がフシ穴で、頭は大方左マキだ」

新十郎は楠にこういうお世辞をささやいて、益々楠を赤面させて、消え去った。

★

新十郎がその報告書と日記を返しに来たのは一週間ほどの後である。人気のない別室へ楠に来てもらって、差向いに坐って、くつろがせて、

「あなたはこの報告書の次にくるべき調査をなぜ中止なさったんですか」

「その報告書を書きあげて持参した日に、一人の先輩がふと思いついて、たッた三軒の料亭に狙いをつけて訊いてまわると、三軒とも連日のようにタケノコを使っていたと分ったんです」

と、その日のことを新十郎に語った。新十郎はそれをきいてただただ呆然また呆然た

る顔。

「実に運が悪かったですね。運が悪い時は、まさにそんなものですねえ。こんなことが、いつかは、誰にでも起りうる。実にユダンできぬ怖しいのがその偶然ですよ。あなたにとっては貴重なイマシメだと思いますが、その三軒の料亭でもタケノコを使ってる、また、そのほかにも使ってる店があるかも知れないと分った上で、もう一度この報告書へなぜ戻る勇気を失ったのでしょうか。あなたは他の場合にも、不当に勇気を失いすぎていますね。いまその例を示して説明いたしますが、己れの無力を怖れ悲しんで勇気を失うことを知る者は賢者です。怖れを知る故に、その賢者の力は生ある限り伸び育ち発展します。ですが怖れ悲しむ次に、大勇猛心をふるい起して死するとも己れの道を退かぬ正しい勇気を忘れてはいけません」

新十郎は可愛くて仕方がない子供をさとすようだ。そして語った。

「あなたの日記は面白いですね。整理したものでなくて、人に読ませる気兼ねがないから、大胆率直で面白いですね。そもそもこの事件にあなたが深入りした発端は、最初の二ツの包みをあなたが拾ったインネンですが、またそのインネンを裏づけたものは、第一と第二の包みの中味が右と左の部分のマゼ合わせが同じくて、またマンナカの部分が欠けているのが対照的でそこに何かがあるんじゃないかと思われたせいですね。日記にはそれが正直に情熱的に語られてますね。あなたはこうも見ていますよ。バラバラにしたくせに、二ツ一しょに包むなんて筋道の立たないことをするものだ。そこにワケがありそうだ……」

新十郎は顔をあげて、いかにもうれしげに楠に笑みかけ、同じ文句をくりかえした。

「バラバラにしたくせに、二ツ一しょに包むなんて筋道が立たないことをするものだ。そこにワケが……ねえ、楠さん。あなたはスバラシイことに気がついたのですよ。ですが、なぜそのワケをもっと追求しなかったのですか」

楠は恥じて赤面して仕方なしに答えた。

「三ツ目の包みから、左右のマゼ合わせもなく、またマンナカの欠けてる一致も存在してやしなかったからです。早合点で、軽率すぎました」

「そう。左右対照とマンナカの欠けてる一致という点についてだけは、たしかに早合点で、軽率でした。ですが、早合点と判明したのはその二ツだけですよ。バラバラにしながら二ツ合わせて、一包みにするなんて筋道が立たないから、そこにワケがありそうだ、という疑いがあって、そこには確かにいろいろのワケが考えられるではありませんか。あなたは一ツの早合点に気がつくと、にわかに勇気を失ってしまい、他のいろいろのワケをも追求した上で、早合点と判ったものから順に一ツ一ツ取り除いて行くことまで全部やめにしてしまったのですね。せっかくスバラシイ発見から出発しながら」

新十郎の言葉には、可愛さのあまりに叱るきびしさがこもった。

「さ、これが一ツのヒント。そのあらゆるワケを考えて順に追求して捨てるべき物を棄て取る物を取って進むのが、あなたの新しい出発の一ツ。さて、その次には……」

新十郎はバラバラ日記の頁をめくって、話につれて一々その箇所を探しだして示しながら語りつづけた。

「魚銀から弁龍和尚の名をきいてまず坊さんを尋ねたのは賢明でした。この坊さんからのキキコミには特に重大なことはないようですが、次に訪れた天心堂以下は次へうつるにしたがって次第に重大そのもののキキコミでしたね。そのキキコミは全部が全部と云ってよいほど意味の深いものでした。あなたはそれを整理して、殺されてバラバラにされたのはトンビの人物、実は加十と結論なさった。まさにそれにマチガイありますまい。しかし、その結論一ツだけでは不足ですね。キキコミはまだまだ多くの暗示に富んでいますよ。その五ツ六ツをザッと列挙しても、次の通りです。天心堂が石松の勘当と加十復帰の噂を耳にしたのは人見角造からであった。この人見は小栗が京子と結婚して平作の新しい秘書になるまでは、彼がその位置におり、才川家の家族の一員として邸内に同居していた。彼が小栗に位置をゆずって、代言人の事務所をひらいて別居したのは三年前です。次には狡智にたけた元番頭の天心堂も加十の居所変名を知らないこと。特に注意すべきは居所ならびに変名ですよ。加十という存在は今や地上になくて、その変名が親類たちにすら知られていないのです。そしてそれはお直の言葉からさらに発展します。そのヨメすらも加十の身分と本名を知らないというのです。ところで、お直がそのあとで語った言葉なんですが、この時のあなたの問いかけには特に深い意味が含まれていなかったようですが、それに対してお直はなんとなく薄気味わるくて妙に真に迫るような返事をしているじゃありませんか。それ。この返事がそれですが、読んでみましょう。加十さんの特徴といえば、そう、そんなのが一つ確かにあるんですが、そしてそれは勘当後に新たにできた特徴で私だけしか知らないものですが、それを申上げるわけにゆきません、ね。お直はこう云ってるのです。私だけしか知らない特徴だと断言してるんです。ただし、それはお直さんがそう思いこんでいることが私たちに分っているというだけで、他人がそれを証明しているワケではありませんがね。とにかくお直さんの言葉は重大なものを暗示していますよ。なんしろ杉代さんの死ぬまでは、加十と杉代の音信の中継所で、おまけに加十の居所を実地に訪ねて会見している唯一の人物ですからね。ところが杉代が死ぬとお直は平作によびよせられて加十との交渉を断つことを命ぜられ、一方、加十からの音信もバッタリ絶えたし、また心配のあまり居所を訪れると、加十は他へ越して行方不明だったそうですね。むろん平作のハカライでしょうが、そこからの結論として一ツ弁《わきま》えておくべきことは、加十の新居と変名は杉代の死後では平作が知っていて、お直は知らないということ。しかし、平作が知ってることは確かだが、その他の誰かが知っていないとは限らない。お直は知らなくなったが、それは他の誰かが知らないという証明にはならない。しかし、確実に知っていると判っているのは平作だけですね。こんな風に確実なものと、可能性のものとをハッキリしておくことは、手順としては大そう大切なことなんですよ。お直のクダリはこれぐらいにして、次は目黒の百姓に化けてタケノコを売りこみに才川家へ赴いた件。これは傑作だな。百姓に化けることはどのタンテイもできますが、こんな風に会話を交すことはできません。あなたには大タンテイの天分があるのです」

新十郎は日記帳のその会話のクダリを開くと、一寸《ちよつと》一目見ただけで、おかしくて堪らぬ事を思いだすらしく込上げる笑いをせきとめかね、遂にはハンケチを取出して、涙をふく始末だ。平素の彼らしくないフルマイであった。

「目黒にはタケノコを食いたがる天狗がいるんですッて！　実にどうも、あなたという人は……」

こみあげる笑いの苦しさに、新十郎は両手で胸をシッカと抑えた。

「さて、寺島のトンビの天狗の方ですが、女中の言葉はカンタンながら印象的で、むしろ面白すぎるほどではありませんか。この天狗の習慣は珍ですよ。女中がハナレへタケノコメシを運んで行くと、天狗の先生、毎年決ってトンビをきて黙って坐ってるそうですが、火がないハナレなんでしょうかね。蓋《けだ》しタケノコに対するや、目黒の天狗に負けないぐらい深刻な何かがあるんでしょうか。ですがこの天狗が才川家に於てうける待遇は上等なものではないですね。来る姿も帰る姿も女中にまで問題にされず、女中がタケノコメシをハナレに突ッこんで逃げ去る他には法事のすむ迄彼はただハナレにほッぽりだされているのだそうだから、天狗の身にとっては物騒な話ですよ。ですが、この天狗の話は、女中以外の人々の口からはまだ語られていませんね。然し、それを他の人々に確かめて答を求めるのは不可能でしょう。ところで女中の話では、石松は折ヅメには手をつけずに女の子のところへ持ってッてやるそうですね。寒のうちというのに珍しいタケノコ料理の折ヅメだから貰う方も幾らか印象的でしょう。後日に至って印象を引出す為にはタケノコ料理の折ヅメという存在がなかなか得難い好都合な差し水の役を果してくれる意味があるのですが、それにしても今では時間がたちすぎましたね。あなたがこの報告書を作った時分でしたら、その印象はまだ鮮度を落さず生きていたでしょうに。タケノコ料理の印象なら、まア一ヶ月位の中は死にかけたのを生き返すことができそうだなア」

楠は顔をやや紅潮させて訊いた。

「すると、その婦人をさがしだして、その日の印象をさぐって、つまり……」

「つまり？」

「それは彼のアリバイの為に？」

「いえ。今はそこまで考えなくともよいのです。石松の場合に於ては、タケノコ料理の折ヅメを自分で食べずに女の子に持ってッてやるという事実が分ったことによって、その女の子を探すこと、また、その女の子にその日のテンマツを折ヅメの印象をたどって訊くことができるという割に有利な事柄が発見されたこと。それに気がつけばよいのです。そして、折角《せっかく》の発見ですから、とにかく確かめてみる実行を知るに至ればよろしいでしょう。タンテイの心得はそれだけのことです。推理を急ぎ、結論を急ぐ必要はないですね。発見を捉える度に、幾らかでも価値のある部分だけは事実を確かめて、そんなコマゴマした事実がタクサン手もとに集って自然に何かの形をなすまで、ほッとくだけでよろしいのですよ」

「分りました。ボクは今からその婦人をさがして訊きだせることを訊きだしたくなりました。もう一度やり直してみたいのです」

今にも直ちに女を探しにでかけたくてジッとしていられぬ様なもどかしい様子。新十郎はその意気込みに一応軽く頷いてみせたが、

「ですが、そのほかにも発見を捉えて確かめて帳面の隅ッこへ記入しておくべきことは、ないわけではありません」

楠はうなずいて、

「それは自分でバラバラ日記を辿りつつ新しい目で考えて、自分自身の発見を捉える工夫や努力をしてみたいと思います。力の足らない事は分っていますが、自分の進む方向だけは先生のお教えでハッキリ会得致しました」

「そのお言葉をうけたまわって、うれしくてたまりませんね。署長には私が了解を得てあげますから、明朝からあなたの独特の目で発見を捉えては一ツずつ確かめて取捨しつつ進みなさい。私がこのバラバラ事件を解決するにはほぼ一週間かかりましたが、あなたも私と同じように一応一週間の区切りをつけておきましょう。ハンディはつけない習慣がよろしいですよ。そして一週間目に、あなたと語り合う日が、実にたまらないタノシミですね。では、御成功を祈りますよ」

そして、更に一言、呪文《じゅもん》の様につけたした。

「ムリハッツシメ」

★

一週間目の夕方、楠は新十郎を訪問し、二人は食卓をかこんで、ミュンヘンビールを傾けつつ、楠は新たに捉えた発見とその確かめた結果を語り、新十郎はそれぞれに批評を加えて、うむことがない有様だ。

「で、捉えた発見を確かめて、取捨したあげく、こまかな事実が積り積って自然に何かの形をなしましたね」

新十郎にこう訊かれて、楠はちょッと返答をためらったが、

「確かめて得た物をつないで一ツの物にまとめるにはまだムリが多すぎるのです。特にボクが重大と見て今もこだわっているのは石松から折ヅメを貰った女の記憶ですが、その婦人から得た答は、そんな古い記憶は今さら思いだすことができませんという返答で して、それ以上は得られないのです。そのためにボクの推理は体をなしません」

「私もその婦人からはあなたと同じ返答しか得られませんでしたよ。ですが、そのほかにも一ツのことが分りました。婦人は折ヅメを貰ったことは確かに覚えていたのです。ですが、この折ヅメの件はここで一応壁にぶつかってしまったものと仮定して、これに代るべき他の発見が捉えられませんでしたか」

「そのような自在な頭のハタラキは思いもよらぬことです」

「では私がその壁にぶつかったとき、代りに捉えた発見を申しましょう。私たちは加十にヨメがあることを知っておりましたね。ですが、行方不明になったはずの加十の捜査願いが見当りませんでしたね。しかしヨメさんが健在なら心配している筈でしょう。で、今度はそのヨメさんの居所を突きとめ、加十の側から見た事実が平作たちの側からの物とズレの有る無しを確かめる方法はあるまいかと考えたのです。するとまず何より

も早く思いだすのはお直の言葉で、つまり加十には勘当後にできた特徴が一ツだけあるということですね。ところが女中たちの記憶によると加十その人らしい天狗はいつもトンビをきて黙って坐ってる以外には特徴らしいものの印象がないと云うのですね。着たり脱いだりするトンビは特徴にはなりません。また、今まで発見されたバラバラの死体にも特別に目立った特徴というものはないのです。特徴と申せば、身体に附属した何かでしょうが、もしも身体に特徴があるとすれば、今まで発見のものに見当らないから、それはまだ発見されない部分にある筈です。あるいはまた、室内でもトンビをきていつも黙りこくっているという女中の言葉から唖という特徴も考えられなくはないのですが、他にその特徴を暗示したり証明の助けとなる何かが見当らないようですから、これは一応除外しておきましょう。さて身体の一部に特徴ありとすれば、それはまだ発見されていない両眼か右耳か鼻か左手のヒジと手クビの部分か左のテノヒラか右スネでしょう。ところが右耳と鼻は顔にそぎ落されたアトがあるから、一応そこについてた物はあった。畸形の物にしても、とにかく一応ついていた。次に右スネは上の太モモと下の足クビ以下が発見されてるから、マンナカのスネだけ無かった筈はない。そこにイレズミとか傷アトぐらいは考えられるが、お直の目にわかる特徴だからたぶん着物の下に隠れる種類のものではありますまいね。すると、本来存在しなかったかも知れないものは両眼と、左手のヒジから先の指までの部分です。成人後の両眼失明なら遠路の一人歩きはできそうもないから、片目の失明とか義眼ぐらいは考えられるかも知れない。ちょッとした目立つ特徴と申せばいろいろと考えられますよ。ですが、ここで、この事件の特殊な性格と申すべきバラバラということを考えていただきたいのです。片眼の失明や耳や鼻の畸形や怪我を隠す程度のことに、関節という関節の全部にわたって一々こまかく切断する必要があるでしょうか。クビ、肩、ヒジ、手クビ、モモ、ヒザ、足クビ。これだけの関節を一々こまかく切るのは甚だ御苦労千万な話で、それに要する長時間の作業中には人に知られ易いかなりの危険がともなっていますよ。また労働時間の長短について考えると、両眼をえぐったり両耳と鼻をそぎ落す作業はその全部を合計してものの五分間とかからぬ程度でしょう。すると、顔のどこかにゴマカシの主点がある場合に、顔の特徴を取り除き、またゴマカシの手を加えても五分間ですむのに、その御相伴として全身バラバラの大作業を加えて、わずかばかりゴマカシの引立て役とするのは、普通人のよくなしうることではありますまい。全身バラバラのこの手数のこんだ作業と、それに伴う危険を考えると、それ相応の必然性があるべきで、顔の造作をごまかす程度の目的のためにこれだけの時間と危険を賭けることは有り得ないと見るべきでしょう。そこで顔を除外すると、残った部分は、左手のヒジからテノヒラまでが最後に残る唯一の疑問の部分です。さて、この部分にどんな特徴が考えうるかと云えば、イレズミなどもあるでしょうが、尚それよりもバラバラ作業をほどこすに必然的な理由をそなえているのが、元々この一部分がなかったということ。加十は生きてる時から左手のヒジから下がなかったのだと考えてみることができましょう。犯人は加十を殺す目的を果したが、その死体に左のヒジから下がないと分れば、顔を斬りきざんで人相をごまかしても身許がさとられやすい。そこでそれをごまかす方法を施すとすれば、全身バラバラに切断して、その一部分がついに現れてこなくともフシギではないと思わせること。即ち元々なかった部分が現れないのは当然ですが、それが存在しなかったせいではなくて、他の理由によってその姿を地上から失うことがフシギではないと思わせる手段を施すに限るでしょう。このバラバラ作業の状況から判断すると、一応この想定を立てることは許されてよかろうと思われます。これほどコマメにバラバラにしておきながら、二ツまとめて一包みにしているなぞは甚だ奇妙で、要するにコマメにバラバラにしたのは小さくして別々に運んで棄てる便宜のためでないことは明らかですね。そしてただ細かくバラバラに切断するということに目的ありと仮定することが可能で、そのバラバラの目的としては、つまり肉体の一部分が失われて現れてこなくともフシギがられぬ状況をつくることです。死体をバラバラにする理由として、とにかく不自然ではない。又、これは、甚だ消極的な蛇足のタグイかも知れませんが、かのトンビの天狗、つまり加十その人ですが、彼に六回も面識を重ねた女中たちが、その天狗の腕があるかないかは今も答えることができないのです。なぜなら、天狗は室内に於ていつもトンビを着たままションボリ坐っているだけで、女中たちは毎年例外なくトンビ姿を見ただけだからです。そして、トンビの下に腕がないということは誰もそれを証明することはできませんが、また反対に、腕があるということを証明することもできません。また勘当されてのち片腕を失った加十がそれをトンビで隠したがる心境を考えても不自然ではありますまい。それらを考え合わせて、加十の特徴とは左ヒジから下がないこと。こう結論して、私は思いきってバクチをやったのです。私はお直さんを訪ね、加十さんの勘当中の友だちであると自己紹介しました。その私が加十さんの特徴を知ってるのは当然でしょうから、加十さんの左腕がないのは万人衆知の事実としてこれを話題にとりいれ、お直さんがイエスかノオかの反応を表さざるを得ない話術を用いたのです。するとお直さんの反応はアッサリとイエスでした。また私は京都でも加十と遊んだ、大阪でも、名古屋でも、横浜でもと誘導することによって、お直さんが加十の家を訪ねたのは横浜であると突きとめましたから、平作が加十を転居せしめてもそこから遠くはなかろう。横浜近辺か東京だろうと、横浜でまず行方不明者の届けをさがすと、そこにチャンと加十の該当者がありましたよ。加十のヨメのカヨさんの居所を突きとめてさっそく会いました。そして疑惑としていたことをたしかめてみると、まず第一に、平作が転居を命じたときには彼自身が横浜へ現れて指図したこと。またその彼と一しょに来て事の処理に当ったのは、当時の秘書たる人見と、まだその時に二十の見習い代言の小栗能文とでした。そのとき平作は毎年の杉代の命日に上京を命じ、そのとき一年ぶんの生活費を与えると、約束しました。すでにそのとき居合わす一同の前で、改心を見届け次第なんとかしてやると言明したそうで、カヨさんに自分の身許を隠すような秘密くさいところもなく、六年前の再会の時から親子のヨリは半分以上もどっていたのです。いずれ加十がなんとかしてもらえることはその瞬間から既定の事実で、人見も小栗もそれを見あやまる筈のない出来事でした。ただ改心を見届けて、どの程度になんとかするのか、それだけが察しかねることだっただけなんですね。そんなわけで、母の命日に上京の加十はスッとハナレにもぐったきり人々に顔を見せなかったと云っても、特に秘密にする必要があってではなく、まだ表向きは勘当の故に遠慮するだけのことだったらしいのです。やがてノンキな石松にも母の命日ごとに兄の上京が分ったから彼は大いに混乱もしたでしょう。兄の勘当が許されると、相続者は兄で、彼はその一介の寄人《よりゅうど》にすぎなくなる。父の例に当てはめればその弟又吉は馬肉屋を開業させてもらっただけ。ムコの銀八は女郎屋をもらっただけ、鬼の才川平作の巨万の財産をつぐ身と、馬肉屋のオヤジの身とは差がありすぎますね。それを苦にして悶々と日をくらし、ヤケになって、放蕩に身をもちくずした石松であったかも知れませんよ。彼が相続の日を約束に高利の金を借りられるだけ借り放題にあさっているのは、ウップンの原因を問わず語りにあかしているようにも見られますね。さて私がカヨさんの居所をつきとめて会うことができて、つまり、石松が折ヅメをとどけた婦人から目当ての返答が得られなかった代りとして、カヨさんから訊きだすことができたことは、加十の上京後、その帰りをまる二ヶ月の間待ちくらしたのち、ついに不安を抑えきれずに表向き禁制と知りつつも才川家へ問い合わせの手紙をだしたのに返書があって、勘当中の加十が当家に居る筈はないというアッサリした文面でしたという。また、ついにたまりかねて上京して才川家を訪ねてみると、応待にでて、返書と同じように勘当中の加十は当家に居るべき道理がないとアッサリした言葉を与えて追い返したのは小栗能文でしたという。この返答は異様ですね。なぜなら、表向き勘当ながら内容が次第にそうでないことを能文は心得ている筈だからです。まず何よりも、加十の行方不明に対して親身のものにせよ事務的なものにせよ心配を一ツも見せないことが、この男の身分としては更に異様ですね。私が石松の折ヅメを貰った婦人に期待した返答も、これと同じことを裏附ける事実、つまり放蕩者の石松がだらだら酒をのんだり泊ったりで、バラバラ作業のヒマがありッこなかったという裏附けだったのでしたが、生憎《あいにく》この婦人はタケノコ料理に興味がない超人でしたから、折ヅメをもらった特定の一日にてんで記憶がなかったのです。加十を殺し、石松が勘当となれば、相続人のオハチが自分に廻ることになり、まさにその事の有り得るチャンスの気配が濃厚でしたから、能文は計画を立てておいて、加十を殺して予定のバラバラ作業を行った。或いは京子も片棒担いでるかも知れませんよ。鬼の子は鬼でフシギはありませんし、人間はもともと鬼になり易いです。京子は十二年前に勘当された加十に兄者人《あにじゃびと》としてのナジミがないから、他人に財産をとられるような怒りや呪いがあったかも知れません。バラバラのコマメな作業がかねての計画としても一人の手に余るようですから」

そして、能文が捕われ、訊問の結果は京子の非常に積極的な共犯が明らかとなった。

「女を甘く見てはいけませんよ。女は心がやさしくて、気が弱くて、ケンカが弱くて常に平和を愛するかよわい動物だなんて、大それた逆説の支持者となってはいけません。それを信用してはタンテイはつとまりませんよ」

と新十郎はあとで顔をあからめて楠にささやいた。

収録作品解題

坂口安吾の『明治開化 安吾捕物帖』全二十話は、一九五〇年十月から一九五二年八月にかけて『小説新潮』に連載された。雑誌初出時の原題は「明治開化 安吾捕物」で、各話のタイトルと発表年月は以下のとおりであった。

第一話「舞踏会殺人事件」一九五〇年十月
第二話「密室大犯罪」一九五〇年十一月
第三話「魔教の怪」一九五〇年十二月
第四話「ああ無情」一九五一年一月
第五話「万引家族」一九五一年二月
第六話「血を見る真珠」一九五一年三月
第七話「石の下」一九五一年四、五月

第八話「時計館の秘密」一九五一年六月
第九話「覆面屋敷」一九五一年七月
第十話「冷笑鬼」一九五一年八月
第十一話「稲妻は見たり」一九五一年九月
第十二話「愚妖」一九五一年十、十一月
第十三話「幻の塔」一九五一年十二月
第十四話「ロッテナム美人術」一九五二年一、二月
第十五話「赤罠」一九五二年三月
第十六話「家族は六人・目一ツ半」一九五二年四月
第十七話「狼大明神」一九五二年五月
第十八話「踊る時計」一九五二年六月
第十九話「乞食男爵」一九五二年七月
第二十話「トンビ男」一九五二年八月

本書の冒頭に収めた「序文」は生前未発表原稿で、安吾が当初「第一巻序文」として

一九五一年十一月に書いたものである。『坂口安吾全集』には収録されたが、これまで単行本に収められたことはなく、本書が初収録となる。

この「序文」に相当する「第一巻」は刊行されずに終わり、全話完結後に日本出版協同株式会社から『明治開化 安吾捕物帖』全三巻の形で刊行された。

なお、序文に続く「読者への口上」は、第四話「ああ無情」の冒頭に掲げられたもので、その後の単行本全巻の冒頭に置かれるようになった。しかし、各話の内容はこの前置きとかなり趣を異にする。虎之介の登場に始まり、海舟の推理、新十郎の推理とつづく構成は、第四話までには確かに当てはまったが、次の第五話以降、虎之介が事件を語り出す序段はなくなり、海舟はいっさい負け惜しみを言わず、終盤では登場さえしなくなる。

なお本書には、シリーズ中でも特にピカレスクの色が濃い作品をあつめた。純文学の分野でも安吾はずっと人間のなかの「悪魔」を描きたいと思いつづけていたが、捕物帖の分野において、安吾の念願は十全に叶ったといえるのではないだろうか。

（編集　七北数人）

本作品中に差別的ともとられかねない表現が見られますが、著者がすでに故人であることと作品の文学性・芸術性に鑑み、原文のままとしました。

（春陽堂書店編集部）

春 陽 文 庫

明治開化《めいじかいか》 安吾捕物帖《あんごとりものちよう》

2024年4月25日　初版第1刷　発行

著　者　坂口安吾

発行者　伊藤良則
発行所　株式会社 春陽堂書店
〒一〇四―〇〇六一
東京都中央区銀座三―一〇―九
KEC銀座ビル
電話〇三（六二六四）〇八五五（代）
印刷・製本　中央精版印刷株式会社

本書のご感想は、contact@shunyodo.co.jp にお願いいたします。

定価はカバーに明記してあります。
2024 Printed in Japan
ISBN978-4-394-90480-9　C0193